Gottfried Keller

Das Fähnlein der

sieben Aufrechten

Eine Begebenheit zum Schützenfest von 1849

Klassiker in neuer Rechtschreibung, Band 110

Gottfried Keller: Das Fähnlein der sieben Aufrechten. Eine Begebenheit zum Schützenfest von 1849

Entstanden 1860, Erstdruck in: Berthold Auerbachs deutscher Volks-Kalender auf das Jahr 1861, Leipzig 1860.

Der Text dieser Ausgabe folgt:
Gottfried Keller: Sämtliche Werke in acht Bänden, Berlin: Aufbau, 1958–1961.

Die Paginierung obiger Ausgabe wird hier als Marginalie zeilengenau mitgeführt. Der Text wurde behutsam an die neue deutsche Rechtschreibung angepasst.

Neu herausgegeben und mit einer Biografie des Autors versehen von Klara Neuhaus-Richter, Berlin 2021.
knr@henricus-verlag.de

Umschlaggestaltung von Rainer Richter unter Verwendung einer Porträtzeichnung von Josefine Weinschrott.

Gesetzt aus der Minion Pro, 11 pt

ISBN 978-3-8478-5073-1

Bibliografische Information der Deutschen Nationalbibliothek:
Die Deutsche Nationalbibliothek verzeichnet diese Publikation in der Deutschen Nationalbibliografie; detaillierte bibliografische Daten sind im Internet über www.dnb.de abrufbar.

Henricus - Edition Deutsche Klassik GmbH, Berlin
Herstellung: Books on Demand GmbH, Norderstedt

Das Fähnlein der sieben Aufrechten

Der Schneidermeister Hediger in Zürich war in dem Alter, wo der fleißige Handwerksmann schon anfängt, sich nach Tisch ein Stündchen Ruhe zu gönnen. So saß er denn an einem schönen Märztage nicht in seiner leiblichen Werkstatt, sondern in seiner geistigen, einem kleinen Sonderstübchen, welches er sich seit Jahren zugeteilt hatte. Er freute sich, dasselbe ungeheizt wieder behaupten zu können; denn weder seine alten Handwerkssitten, noch seine Einkünfte erlaubten ihm, während des Winters sich ein besonderes Zimmer erwärmen zu lassen, nur um darin zu lesen. Und das zu einer Zeit, wo es schon Schneider gab, welche auf die Jagd gehen und täglich zu Pferde sitzen, so eng verzahnen sich die Übergänge der Kultur ineinander.

Meister Hediger durfte sich aber sehen lassen in seinem wohlaufgeräumten Hinterstübchen. Er sah fast eher einem amerikanischen Squatter als einem Schneider ähnlich; ein kräftiges und verständiges Gesicht mit starkem Backenbart, von einem mächtigen kahlen Schädel überwölbt, neigte sich über die Zeitung »Der schweizerische Republikaner« und las mit kritischem Ausdrucke den Hauptartikel. Von diesem »Republikaner« standen wenigstens fünfundzwanzig Foliobände, wohlgebunden, in einem kleinen Glasschranke von Nussbaum, und sie enthielten fast nichts, das Hediger seit fünfundzwanzig Jahren nicht miterlebt und durchgekämpft hatte. Außerdem stand ein »Rotteck« in dem Schranke, eine Schweizergeschichte von Johannes Müller und eine Handvoll politischer Flugschriften und dergleichen; ein geografischer Atlas und ein Mäppchen voll Karikaturen und Pamphlete, die Denkmäler bitter leidenschaftlicher Tage, lagen auf dem untersten Brette. Die Wand des Zimmerchens war geschmückt mit den Bildnissen von Kolumbus, von Zwingli, von Hutten, Washington und Robespierre; denn er verstand keinen Spaß und billigte nachträglich die Schreckenszeit. Außer diesen Welthelden schmückten die Wand noch einige schweizerische Fortschrittsleute mit der beigefügten Handschrift in höchst erbaulichen und weitläufigen Denksprüchen, ordentlichen kleinen Aufsätzchen. Am Bücherschrank aber lehnte eine gut instand gehaltene blanke Ordonnanzflinte, behängt mit einem kurzen Seitengewehr und einer Patrontasche, worin zu jeder Zeit dreißig scharfe Patronen steckten. Das war *sein* Jagdgewehr, womit er nicht auf Hasen und Rebhühner, sondern auf Aristokraten und Jesuiten, auf Verfassungsbrecher und Volksverräter Jagd machte. Bis jetzt hatte ihn ein freundlicher Stern bewahrt, dass er noch kein Blut vergossen, aus Mangel an Gelegenheit; dennoch hatte er die Flinte schon mehr als einmal ergriffen und war damit auf den Platz geeilt, da es noch die Zeit der Putsche war, und das Gewehr musste unverrückt zwischen Bett und Schrank stehen bleiben; »denn«, pflegte er zu sagen, »keine Regierung und keine Bataillone vermögen Recht und Freiheit zu schützen, wo der Bürger nicht imstande ist, selber vor die Haustür zu treten und nachzusehen, was es gibt!«

Als der wackere Meister mitten in seinem Artikel vertieft war, bald zustimmend nickte und bald den Kopf schüttelte, trat sein jüngster Sohn Karl herein, ein angehender Beamter auf einer Regierungskanzlei. »Was gibt's?«, fragte er barsch; denn er liebte nicht, in seinem Stübchen gestört zu werden. Karl fragte, etwas unsicher über den Erfolg seiner Bitte, ob er des Vaters Gewehr und Patrontasche für den Nachmittag haben könne, da er auf den Drillplatz gehen müsse.

»Keine Rede, wird nichts daraus!«, sagte Hediger kurz. – »Und warum denn nicht? Ich werde ja nichts daran verderben!«, fuhr der Sohn kleinlaut fort und doch beharrlich, weil er durchaus ein Gewehr haben musste, wenn er nicht in den Arrest spazieren wollte. Allein der Alte versetzte nur umso lauter: »Wird nichts daraus! Ich muss mich nur wundern über die Beharrlichkeit meiner Herren Söhne, die doch in andern Dingen so unbeharrlich sind, dass keiner von allen bei dem Berufe blieb, den ich ihn nach freier Wahl habe lernen lassen! Du weißt, dass deine drei älteren Brüder der Reihe nach, sowie sie zu exerzieren anfangen mussten, das Gewehr haben wollten und dass es keiner bekommen hat! Und doch kommst du nun auch noch angeschlichen! Du hast deinen schönen Verdienst, für niemand zu sorgen – schaff dir deine Waffen an, wie es einem Ehrenmanne geziemt! Dies Gewehr kommt nicht von der Stelle, außer wenn ich es selbst brauche!«

»Aber es ist ja nur für einige Male! Ich werde doch nicht ein Infanteriegewehr kaufen sollen, da ich nachher doch zu den Scharfschützen gehen und mir einen Stutzen zutun werde!«

»Scharfschützen! Auch schön! Woher erklärst du dir nur die Notwendigkeit, zu den Scharfschützen zu gehen, da du noch nie eine Kugel abgefeuert hast? Zu meiner Zeit musste einer schon tüchtig Pulver verbrannt haben, eh er sich dazu melden durfte; jetzt wird man auf Geratwohl Schütz, und Kerle stecken in dem grünen Rock, welche keine Katze vom Dach schießen, dafür aber freilich Zigarren rauchen und Halbherren sind! Geht mich nichts an!«

»Ei«, sagte der Junge fast weinerlich, »so gebt es mir nur dies eine Mal; ich werde morgen für ein anderes sorgen, heut kann ich unmöglich mehr!«

»Ich gebe«, versetzte der Meister, »meine Waffe niemand, der nicht damit umgehen kann; wenn du regelrecht das Schloss dieser Flinte abnehmen und auseinanderlegen kannst, so magst du sie nehmen; sonst aber bleibt sie hier!« Und er suchte aus einer Lade einen Schraubenzieher hervor, gab ihn dem Sohn und wies ihm die Flinte an. Der versuchte in der Verzweiflung sein Heil und begann die Schlossschrauben loszumachen. Der Vater schaute ihm spöttisch zu; es dauerte nicht lange, so rief er: »Lass mir den Schraubenzieher nicht so ausglitschen, du verdirbst mir die ganze Geschichte! Mach die Schrauben eine nach der andern halb los und dann erst ganz, so geht's leichter! So, endlich!« Nun hielt Karl das Schloss in der Hand, wusste aber nichts mehr damit anzufangen und legte es seufzend hin, sich im Geiste schon im Strafkämmerchen sehend. Der alte Hediger aber, einmal im Eifer, nahm jetzt das Schloss, dem Sohn eine Lektion zu halten, indem er es erklärend auseinandernahm.

»Siehst du«, sagte er, »zuerst nimmst du die Schlagfeder weg mittelst dieses Federhakens – auf diese Weise; dann kommt die Stangenfederschraube, die schraubt man nur halb aus, schlägt so auf die Stangenfeder, dass der Stift hier aus dem Loch geht; jetzt nimmst du die Schraube ganz weg. Jetzt die Stangenfeder, dann die Stangenschraube, die Stange; jetzo die Studelschraube und hier die Studel; ferner die Nussschraube, den Hahn und endlich die Nuss; dies ist die Nuss! Reiche mir das Klauenfett aus dem Schränklein dort, ich will die Schrauben gleich ein bisschen einschmieren!«

Er hatte die benannten Gegenstände alle auf das Zeitungsblatt gelegt, Karl sah ihm eifrig zu, reichte ihm auch das Fläschchen und meinte, das Wetter habe sich günstig geändert. Als aber sein Vater die Bestandteile des Schlosses abgewischt und mit dem Öle frisch befeuchtet hatte, setzte er sie nicht wieder zusammen, sondern warf sie in den Deckel einer kleinen Schachtel durcheinander und sagte: »Nun, wir wollen das Ding am Abend wieder einrichten; jetzt will ich die Zeitung fertig lesen!«

Getäuscht und wild ging Karl hinaus, sein Leid der Mutter zu klagen; er fühlte einen gewaltigen Respekt vor der öffentlichen Macht, in deren Schule er nun ging als Rekrut. Seit er der Schule entwachsen, war er nicht mehr bestraft worden, und auch dort in den letzten Jahren nicht mehr; nun sollte das Ding auf einer höheren Stufe wieder angehen, bloß weil er sich auf des Vaters Gewehr verlassen hatte.

Die Mutter sagte: »Der Vater hat eigentlich ganz recht! Alle vier Buben habt ihr einen besseren Erwerb als er selbst, und das vermöge der Erziehung, die er euch gegeben hat; aber nicht nur braucht ihr den letzten Heller für euch selbst, sondern ihr kommt immer noch, den Alten zu plagen mit Entlehnen von allen möglichen Dingen: schwarzer Frack, Perspektiv, Reißzeug, Rasiermesser, Hut, Flinte und Säbel; was er sich sorglich in Ordnung hält, das holt ihr ihm weg und bringt es verdorben zurück. Es ist, als ob ihr das ganze Jahr nur studiertet, was man noch von ihm entlehnen könne; er hingegen verlangt nie etwas von euch, obgleich ihr das Leben und alles ihm zu danken habt. Ich will dir für heut noch einmal helfen!«

Sie ging hierauf zum Meister Hediger hinein und sagte: »Lieber Mann! Ich habe vergessen, dir zu sagen, dass der Zimmermeister Frymann hat berichten lassen, die Siebenmännergesellschaft komme heut zusammen und es seien Verhandlungen, ich glaube etwas Politisches!« – »So?«, sagte er sogleich angenehm erregt, stand auf und ging hin und her. »Es nimmt mich wunder, dass Frymann nicht selbst gekommen ist, um vorläufig mit mir zu reden, Rücksprache zu nehmen?« Nach einigen Minuten kleidete er sich rasch an, setzte den Hut auf und entfernte sich mit den Worten: »Frau, ich gehe gleich jetzt fort, ich muss wissen, was es gibt! Bin auch dies Frühjahr noch keinen Tritt im Freien gewesen, und heut ist's so schön! Also Adieu denn!«

»So! Nun kommt er vor zehn Uhr nachts nicht mehr!«, lachte Frau Hediger und forderte Karl auf, das Gewehr zu nehmen, Sorg' zu tragen und es rechtzeitig wiederzubringen. – »Ja, nehmen!«, klagte der Sohn. »Er hat ja das Schloss auseinandergetan, ich kann es nicht herstellen!« – »So kann ich es!«, rief die Mutter und ging mit dem Sohn in das Stübchen. Sie kippte den Deckel um, in welchem das zerlegte Schloss lag, las die Federn und Schrauben auseinander und begann sehr gewandt, sie zusammenzufügen.

»Wo zum Teufel habt Ihr das gelernt, Mutter?«, rief Karl ganz verblüfft. – »Das hab ich gelernt«, sagte sie, »in meinem väterlichen

Hause! Dort hatten der Vater und meine sieben Brüder mich abgerichtet, ihnen ihre sämtlichen Büchsen und Gewehre zu putzen, wenn sie geschossen hatten. Ich tat es oft unter Tränen, aber am Ende konnte ich mit dem Zeug umgehen wie ein Büchsenmachergesell. Auch hieß man mich im Dorfe nur die Büchsenschmiedin, und ich hatte fast immer schwarze Hände und einen schwarzen Nasenzipfel. Die Brüder verschossen und verjubelten Haus und Hof, so dass ich armes Kind froh sein musste, dass mich der Schneider, dein Vater, geheiratet hat.«

Während dieser Erzählung hatte die geschickte Frau wirklich das Schloss zusammengesetzt und am Schafte befestigt. Karl hing die glänzende Patrontasche um, nahm das Gewehr und eilte spornstreichs auf den Exerzierplatz, wo er noch mit knapper Not anlangte, ohne zu spät zu kommen. Nach sechs Uhr brachte er die Sachen wieder zurück, versuchte nun selbst das Schloss auseinanderzunehmen und legte dessen Bestandteile wieder in den Schachteldeckel, wohl durcheinander gerüttelt.

Nachdem er ein Abendbrot verzehrt und es darüber dunkel geworden, ging er an die Schifflände, mietete ein Schiffchen und fuhr längs den Ufern hin, bis er vor die Plätze am See gelangte, welche teils von Zimmerleuten, teils von Steinmetzen benutzt wurden. Es war ein ganz herrlicher Abend; ein lauer Südwind kräuselte leicht das Wasser, der Vollmond erleuchtete dessen ferne Flächen und blitzte hell auf den kleinen Wellen in der Nähe, und am Himmel standen die Sterne in glänzend klaren Bildern; die Schneeberge aber schauten wie bleiche Schatten in den See herunter, fast mehr geahnt als gesehen; der industriöse Schnickschnack, das Kleinliche und Unruhige der Bauart hingegen verschwand in der Dunkelheit und wurde durch das Mondlicht in größere ruhige Massen gebracht, kurz, das Landschaftliche war für die kommende Szene würdig vorbereitet.

Karl Hediger fuhr rasch dahin, bis er in die Nähe eines großen Zimmerplatzes kam; dort sang er mit halblauter Stimme ein paarmal den ersten Vers eines Liedchens und fuhr dann langsam und gemächlich in den See hinaus. Von den Bauhölzern aber erhob sich ein schlankes Mädchen, das dort gesessen, band ein Schiffchen los, stieg hinein und fuhr allmählich, mit einigen Wendungen, dem leise singenden Schiffer nach. Als sie ihm zur Seite war, grüßten sich die jungen Leute und fuhren ohne weitern Aufenthalt, Bord an Bord, in das flüssige Silber hinaus, weit auf den See hin. Sie beschrieben in jugendlicher Kraft einen mächtigen Bogen mit mehreren Schneckenlinien, welche das Mädchen angab und der Jüngling mit leisem Ruderdrucke mitmachte, ohne von ihrer Seite zu kommen, und man sah, dass das Paar nicht ungeübt war im zusammen Fahren. Als sie recht in die Stille und Einsamkeit geraten, zog das junge Frauenzimmer die Ruder ein und hielt still. Das heißt, sie legte nur das eine Ruder nieder, das andere hielt sie wie spielend über dem Rande, jedoch nicht ohne Zweck; denn als Karl, ebenfalls stillhaltend, sich ihr ganz nähern, ja ihr Schiffchen förmlich entern wollte, wusste sie sein Fahrzeug mit dem Ruder sehr gewandt abzuhalten, indem sie ihm jeweilig einen einzigen Stoß gab. Auch diese Übung schien nicht neu zu sein, da sich der junge Mensch bald ergab und in seinem Schifflein stillsaß.

Nun fingen sie an zu plaudern, und Karl sagte: »Liebe Hermine! Ich kann jetzt das Sprichwort umkehren und rufen: ›Was ich in der Jugend die Fülle hatte, das wünsch ich im Alter‹, aber vergeblich! Als ich zehn Jahre alt war und du sieben, wie oft haben wir uns da geküsst, und nun ich zwanzig bin, bekomme ich nicht einmal deine Fingerspitzen zu küssen.«

»Ich will ein für alle Mal von diesen unverschämten Lügen nichts mehr hören!«, antwortete das Mädchen halb zornig, halb lachend. »Alles ist erfunden und erlogen, ich erinnere mich durchaus nicht an solche Vertraulichkeiten!«

»Leider!«, rief Karl. »Aber ich umso besser! Und zwar bist du gerade die Tonangeberin und Verführerin gewesen!«

»Karl, wie hässlich!«, unterbrach ihn Hermine; aber er fuhr unerbittlich fort: »Erinnere dich doch nur, wie oft, wenn wir müde waren, den armen Kindern ihre zerrissenen Körbe mit Zimmerspänen füllen zu helfen, zum steten Verdrusse eurer Polierer, wie oft musst ich dann zwischen den großen Holzvorräten, ganz im Verborgenen, aus kleinen Hölzern und Brettern ein Hüttlein bauen mit einem Dach, einer Türe und einem Bänklein darin! Und wenn wir dann auf dem Bänkchen saßen, bei geschlossener Türe, und ich meine Hände endlich in den Schoß legte, wer fiel mir dann um den Hals und küsste mich, dass es kaum zu zählen war?«

Bei diesen Worten wäre er fast ins Wasser gestürzt; denn da er während seiner Reden sich unvermerkt wieder zu nähern gesucht hatte, gab sie seinem Schifflein plötzlich einen so heftigen Stoß, dass es beinahe umschlug. Hellauf lachte sie, als er den linken Arm bis zum Ellbogen ins Wasser tauchte und darüber fluchte.

»Wart nur«, sagte er, »es kommt gewiss die Stunde, wo ich dir's eintränken werde!«

»Hat noch alle Zeit«, erwiderte sie, »bitte übereilen Sie sich nicht, mein schöner Herr!« Dann fuhr sie etwas ernster fort: »Der Vater hat unsere Geschichte erfahren; ich habe sie nicht geleugnet, was die Hauptsache betrifft; er will nichts davon wissen, er verbietet uns alle ferneren Gedanken daran; so stehn wir also!«

»Und gedenkst du dem Ausspruche deines Herren Vaters dich so fromm und unwiderruflich zu fügen, wie du dich anstellst?«

»Wenigstens werde ich nie das erklärte Gegenteil von seinen Wünschen tun und noch weniger mich in ein feindliches Verhältnis zu ihm wagen; denn du weißt, dass er die Dinge lang nachträgt und eines tief um sich fressenden Grolles fähig ist. Du weißt auch, dass er, schon seit fünf Jahren Witwer, meinetwegen nicht wieder geheiratet hat; ich glaube, das kann eine Tochter immer berücksichtigen! Und weil wir einmal dabei sind, so muss ich dir auch sagen, dass ich es unter diesen Umständen für unschicklich halte, uns so oft zu sehen; es ist genug, wenn ein Kind inwendig mit seinem Herzen nicht gehorcht; mit äußern Handlungen täglich zu tun, was die Eltern nicht gern sähen, wenn sie's wüssten, hat etwas Gehässiges, und darum wünsche ich, dass wir uns höchstens alle Monat einmal allein treffen, wie bisher fast alle Tage, und im Übrigen die Zeit über uns ergehen lassen.«

»Ergehen lassen! Und du kannst und willst wirklich die Dinge so gehen lassen?«

»Warum nicht? Sind sie so wichtig? Es ist dennoch möglich, dass wir uns bekommen, es ist möglich, auch nicht! Und die Welt wird doch bestehen, wir vergessen uns vielleicht von selbst, denn wir sind noch jung; und in keinem Fall scheint mir groß Aufhebens zu machen!«

Diese Rede hielt die siebzehnjährige Schöne mit scheinbarer Trockenheit und Kälte, indem sie die Ruder wieder ergriff und landwärts steuerte. Karl fuhr neben ihr, voll Sorgen und Furcht, und nicht minder voll Ärger über Herminens Worte. Sie freute sich halb und halb, den Wildfang in Sorgen zu wissen, war aber doch auch nachdenklich über den Inhalt des Gespräches und besonders über die vierwöchentliche Trennung, welche sie sich auferlegt hatte.

So gelang es ihm, sie endlich zu überraschen und sein Schiff mit einem Rucke an das ihre zu drücken. Augenblicklich hielt er ihren schlanken Oberkörper in den Armen und zog ihre Gestalt zur Hälfte zu sich hinüber, so dass sie beide halb über dem tiefen Wasser schwebten, die Schiffchen ganz schief lagen und jede Bewegung das völlige Umschlagen mit sich brachte. Die Jungfrau fühlte sich daher wehrlos und musste es erdulden, dass Karl ihr sieben oder acht heftige Küsse auf die Lippen drückte. Dann richtete er sie samt ihrem Fahrzeug wieder sacht und sorglich in die Höhe; sie strich ihre Locken aus dem Gesicht, ergriff die Ruder, atmete heftig auf und rief, mit Tränen in den Augen, zornig und drohend: »Wart nur, du Schlingel, bis ich dich unter dem Pantoffel habe! Du sollst es – weiß Gott im Himmel! – verspüren, dass du eine Frau hast!« Damit fuhr sie, ohne sich weiter nach ihm umzusehen, mit raschen Ruderschlägen nach ihres Vaters Grundstück und Heimwesen. Karl dagegen, voll Triumph und Glückseligkeit, rief ihr nach: »Gute Nacht, Fräulein Hermine Frymann! Es hat gut geschmeckt!«

Frau Hediger hatte ihren Mann indessen nicht mit Unwahrheit berichtet, als sie ihn zum Ausgehen veranlasste. Die Nachricht, die sie ihm mitgeteilt, war nur zu beliebigem Gebrauche noch aufgespart und dann im rechten Augenblicke benutzt worden. Es fand in der Tat eine Versammlung statt, nämlich der Gesellschaft der sieben Männer, oder der Festen, oder der Aufrechten, oder der Freiheitsliebenden, wie sie sich abwechselnd nannten. Dies war einfach ein Kreis von sieben alten bewährten Freunden, alle Handwerksmeister, Vaterlandsfreunde, Erzpolitiker und strenge Haustyrannen nach dem Musterbilde Meister Hedigers. Stück für Stück noch im vorigen Jahrhundert geboren, hatten sie als Kinder noch den Untergang der alten Zeit gesehen und dann viele Jahre lang die Stürme und Geburtswehen der neuen Zeit erlebt, bis diese gegen das Ende der vierziger Jahre sich abklärte und die Schweiz wieder zu Kraft und Einigkeit führte. Einige von ihnen stammten aus den gemeinen Herrschaften, dem ehemaligen Untertanenland der Eidgenossen, und sie erinnerten sich, wie sie als Bauernkinder am Wege hatten hinknien müssen, wenn eine Kutsche mit eidgenössischen Standesherren und dem Weibel gefahren kam; andere standen in irgendeinem Verwandtschaftsgrade zu eingekerkerten oder hingerichteten Revoluzzern, kurz, alle waren von einem unauslöschlichen Hass gegen alle Aristokratie erfüllt, welcher sich seit deren Untergang nur in einen bitteren Hohn verwandelt hatte. Als dieselbe aber später nochmals auftauchte in demokratischem Gewande und, mit den alten Machtvermietern, den Priestern, verbunden, einen mehrjährigen Kampf aufwühlte, da kam zu dem Aristokratenhass noch derjenige gegen die »Pfaffen« hinzu; ja nicht nur gegen Herren und Priester, sondern gegen ihresgleichen, gegen ganze aufgeregte Volksmassen musste ihre streitbare Gesinnung sich nun wenden, was ihnen auf ihre alten Tage eine unerwartete, zusammengesetzte Kraftübung verursachte, die sie aber tapfer bestanden.

Die sieben Männer waren nichts weniger als unbeträchtlich; in allen Volksversammlungen, Vereinigungen und dergleichen halfen sie einen festen Kern bilden, waren unermüdlich bei der Spritze und Tag und Nacht bereit, für die Partei Gänge und Geschäfte zu tun, welche man keinen bezahlten Leuten, sondern nur ganz zuverlässigen anvertrauen konnte. Oft wurden sie von den Parteihäuptern beraten und ins Vertrauen gezogen, und wenn es ein Opfer galt, da waren die sieben Männer mit ihrem Scherflein zuerst bei der Hand. Für alles dies begehrten sie keinen andern Lohn als den Sieg ihrer Sache und ihr gutes Bewusstsein; nie drängte sich einer von ihnen vor oder strebte nach einem Vorteil oder nach einem Amte, und ihre größte Ehre setzten sie darein, gelegentlich einem oder dem andern »berühmten Eidgenossen« schnell die Hand zu drücken; aber es musste schon ein rechter sein und »sauber übers Nierenstück«, wie sie zu sagen pflegten.

Diese Wackern hatten sich seit Jahrzehnten aneinander gewöhnt, nannten sich nur beim Vornamen und bildeten endlich eine feste geschlossene Gesellschaft, aber ohne alle andern Satzungen als die, welche sie im Herzen trugen. Wöchentlich zweimal kamen sie zusammen, und zwar, da auch in diesem kleinen Vereine zwei Gastwirte waren, abwechselnd bei diesen. Da ging es dann sehr kurzweilig und gemütlich her; so still und ernst die Männer in größeren Versammlungen sich

zeigten, so laut und munter taten sie, wenn sie unter sich waren; keiner zierte sich, und keiner nahm ein Blatt vor den Mund; manchmal sprachen alle zusammen, manchmal horchten sie andächtig einem einzelnen, je nach ihrer Stimmung und Laune. Nicht nur die Politik war der Gegenstand ihrer Gespräche, sondern auch ihr häusliches Schicksal. Hatte einer Kummer und Sorge, so trug er, was ihn drückte, der Gesellschaft vor; die Sache wurde beraten und die Hilfe zur gemeinen Angelegenheit gemacht; fühlte sich einer von dem andern verletzt, so brachte er seine Klage vor die sieben Männer, es wurde Gericht gehalten und der Unrechthabende zur Ordnung verwiesen. Dabei waren sie abwechselnd sehr leidenschaftlich oder sehr ruhig und würdevoll oder auch ironisch. Schon zweimal hatten sich Verräter, unsaubere Subjekte unter ihnen eingeschlichen, waren erkannt und in feierlicher Verhandlung verurteilt und ausgestoßen, d. h. durch die Fäuste der wehrbaren Greise jämmerlich zerbläut worden. Traf ein Hauptunglück die Partei, welcher sie anhingen, so ging ihnen das über alles häusliche Unglück, sie verbargen sich einzeln in der Dunkelheit und vergossen bittere Tränen.

Der Wohlredendste und Wohlhabendste unter ihnen war Frymann, der Zimmermeister, ein wahrer Krösus mit einem stattlichen Hauswesen. Der Unbemitteltste war Hediger, der Schneider, dagegen im Worte gleich der zweite nach Frymann. Er hatte wegen politischer Leidenschaftlichkeit schon längst seine besten Kunden verloren, dennoch seine Söhne sorgfältig erzogen, und so besaß er keine übrigen Mittel. Die andern fünf Männer waren gut versorgte Leute, welche in der Gesellschaft mehr zuhörten als sprachen, wenn es sich um große Dinge handelte, dafür aber in ihrem Hause und unter ihren Nachbarn umso gewichtigere Worte hören ließen.

Heute lagen wirklich bedeutende Verhandlungen vor, über welche sich Frymann und Hediger vorläufig besprochen hatten. Die Zeit der Unruhe, des Streites und der politischen Mühe war für diese Wackern vorüber, und ihre langen Erfahrungen schienen mit den errungenen Zuständen für einmal abgeschlossen. Ende gut, alles gut, konnten sie sagen, und sie fühlten sich siegreich und zufrieden. So wollten sie sich denn an ihrem politischen Lebensabend ein rechtes Schlussvergnügen gönnen und als die sieben Männer vereint das eidgenössische Freischießen besuchen, welches im nächsten Sommer zu Aarau stattfinden sollte, das erste nach der Einführung der neuen Bundesverfassung vom Jahr 1848. Nun waren die meisten schon längst Mitglieder des schweizerischen Schützenvereines, auch besaß jeder, mit Ausnahme Hedigers, der sich mit seiner Rollflinte begnügte, eine gute Büchse, mit welcher sie in früheren Jahren zuweilen des Sonntags geschossen. Ebenso hatten sie einzeln schon Feste besucht, so dass die Sache gerade nicht absonderlich schien. Allein es war ein Geist des äußeren Pompes in einige gefahren, und es handelte sich um nichts Geringeres, als in Aarau mit eigener Fahne aufzutreten und eine stattliche Ehrengabe zu überbringen.

Als die kleine Versammlung einige Gläser Wein getrunken und die gute Laune im Zuge war, rückten Frymann und Hediger mit dem Vorschlage heraus, welcher dennoch die bescheidenen Männer etwas überraschte, so dass sie einige Minuten unentschlossen schwankten. Denn es wollte ihnen nicht recht einleuchten, ein solches Aufsehen zu erregen und mit einer Fahne auszuziehen. Da sie aber schon lange verlernt hatten, einem Aufschwung und einer körnigen Unternehmung ihre Stimme zu versagen, so widerstanden sie nicht länger, als die Redner ihnen ausmalten, wie die Fahne ein Sinnbild und der Auszug ein Triumph der bewährten Freundschaft sein und wie das Erscheinen von solch sieben alten Krachern mit einem Freundschaftsfähnchen gewiss einen fröhlichen Spaß abgeben würde. Es sollte nur ein kleines Fähnchen angefertigt werden von grüner Seide, mit dem Schweizerwappen und einer guten Inschrift.

Nachdem die Fahnenfrage erledigt, wurde die Ehrengabe vorgenommen; der Wert derselben wurde ziemlich schnell festgesetzt, er sollte etwa zweihundert alte Franken betragen. Die Auswahl des Gegenstandes jedoch verursachte eine längere und fast schwierige Verhandlung. Frymann eröffnete die Umfrage und lud Kuser, den Silberschmied, ein, als ein Mann von Geschmack sich zu äußern. Kuser trank ernsthaft einen guten Schluck, hustete dann, besann sich und meinte, es füge sich gut, dass er just einen schönen silbernen Becher im Laden habe, welchen er, falls es den Mannen genehm wäre, bestens empfehlen und auf das Billigste berechnen könnte. Hierauf erfolgte eine allgemeine Stille, nur unterbrochen durch kurze Äußerungen, wie »Das lässt sich hören!« oder »Nun ja!« Dann fragte Hediger, ob ein weiterer Antrag gestellt werden wolle, worauf Syfrig, der kunstreiche Schmied, einen Schluck nahm, einen Mut fasste und sprach: »Wenn es den Mannen recht ist, so will ich hiermit auch einen Gedanken aussprechen! Ich habe einen ganz eisernen, sinnreichen Pflug geschmiedet, der, wie ihr wisst, mir an der landwirtschaftlichen Ausstellung gelobt worden ist. Ich bin erbötig, das fein gearbeitete Stück für die zweihundert Franken abzutreten, obgleich die Arbeit damit nicht bezahlt wird; aber ich bin der Ansicht, dass dieses Werkzeug und Sinnbild des Ackerbaues eine echt volksmäßige Ehrengabe darstellen würde! Ohne im Übrigen einem anderen Vorschlage zu nahe treten zu wollen!«

Während dieses Spruches hatte Bürgi, der listige Schreiner, sich das Ding auch überlegt, und als abermals eine kleine Stille herrschte und der Silberschmied schon ein längeres Gesicht machte, eröffnete sich der Schreiner also: »Auch mir ist ein Gedanke aufgestoßen, liebe Freunde, der vielleicht zum großen Spaße gereichen dürfte. Ich habe vor Jahr und Tag für ein fremdes Brautpaar ein zweischläfiges Himmelbett bauen müssen vom schönsten Nussbaumholz, mit Maserfurnieren; täglich steckte mir das Pärchen in der Werkstatt, maß Länge und Breite und schnäbelte sich vor Gesellen und Lehrburschen, weder deren Witze noch Anspielungen scheuend. Allein als es zur Hochzeit kommen sollte, da fuhren sie plötzlich auseinander wie Hund und Katz, kein Mensch wusste warum, das eine verschwand dahin, das andere dorthin, und meine Bettstatt blieb mir stehen wie ein Fels. Sie ist unter Brüdern hundertundachtzig Franken wert; ich will aber gern achtzig verlieren und gebe sie für hundert. Dann lassen wir ein Bett dazu machen und stellen es vollständig aufgerüstet in den Gabensaal mit der Aufschrift: ›Für einen ledigen Eidgenossen zur Aufmunterung!‹ Wie?«

Ein fröhliches Gelächter belohnte diesen Gedanken; nur der Silber- und der Eisenschmied lächelten kühl und säuerlich; doch alsbald erhob Pfister, der Wirt, seine starke Stimme und sprach mit seiner gewohnten Offenheit: »Wenn es gilt, ihr Herren, dass jeder sein eigenes Korn zu Markte bringt, so wüsste ich denn etwas Besseres als alles bisher Angetragene! Im Keller liegt mir wohlverspundet ein Fass vierunddreißiger Rotwein, sogenanntes Schweizerblut, das ich vor mehr als zwölf Jahren selbst in Basel gekauft habe. Bei euerer Mäßigkeit und Bescheidenheit wagte ich noch nie, den Wein anzustechen, und doch liegt er mir im Zins um die zweihundert Franken, die er gekostet hat; denn es sind gerade hundert Maß. Ich gebe euch den Wein zum Ankaufspreis, das Fässchen werde ich so billig als möglich anschlagen, froh, wenn ich nur Platz gewinne für verkäuflichere Ware, und ich will nicht mehr von hinnen kommen, wenn wir nicht Ehre einlegen mit der Gabe!«

Diese Rede, während welcher die drei früheren Antragsteller bereits gemurrt hatten, war nicht so bald beendigt, als Erismann, der andere Wirt, das Wort ergriff und sagte: »Wenn es so geht, so will ich auch nicht dahinten bleiben und erkläre, dass ich das Beste zu haben glaube für unsere Absicht, und das wäre meine junge Milchkuh von reiner Oberländer Rasse, die mir gerade feil ist, wenn ich einen anständigen Käufer finde. Bindet dem Prachttiere eine Glocke um den Hals, einen Melkstuhl zwischen die Hörner, putzt es mit Blumen auf –«

»Und stellt es unter eine Glasglocke in den Gabentempel!«, unterbrach ihn der gereizte Pfister, und damit platzte eines jener Gewitter los, welche die Sitzungen der sieben Festen zuweilen stürmisch machten, aber nur um desto hellerem Sonnenscheine zu rufen. Alle sprachen zugleich, verteidigten ihre Vorschläge, griffen diejenigen der andern an und warfen sich eigennützige Gesinnungen vor. Denn sie sagten sich stets rundheraus, was sie dachten, und bewältigten die Dinge mit offener Wahrheit und nicht durch hinterhältiges Verwischen, wie es eine Art unechter Bildung tut.

Als nun ein Heidenlärm entstanden war, klingelte Hediger kräftig mit dem Glase und redete mit erhobener Stimme: »Ihr Mannen! Erhitzt euch nicht, sondern lasst uns ruhig zum Ziele gelangen! Es sind also vorgeschlagen ein Pokal, ein Pflug, ein aufgerüstetes Himmelbett, ein Fass Wein und eine Kuh! Es sei mir vergönnt, euere Anträge näher zu betrachten. Deinen alten Ladenhüter, den Pokal, lieber Ruedi, kenn ich wohl, er steht schon seit vielen Jahren hinter deinem Schaufenster, ich glaube sogar, er ist einst dein Meisterstück gewesen. Dennoch erlaubt seine veraltete Form nicht, dass wir ihn wählen und für ein neues Stück ausgeben. Dein Pflug, Chüeri Syfrig, scheint doch nicht ganz zweckmäßig erfunden zu sein, sonst hättest du ihn seit drei Jahren gewiss verkauft; wir müssen aber darauf denken, dass der Gewinner unserer Gabe auch eine unverstellte Freude an derselben haben kann. Dein Himmelbett dagegen, Heinrich, ist ein neuer und gewiss ergötzlicher Einfall, und sicher würde er zu den volkstümlichsten Redensarten Veranlassung geben. Allein zu seiner schicklichen Ausführung wäre eine Ausrüstung in feinem und hinreichendem Bettzeug erforderlich, und das überschritte die festgesetzte Summe zu stark für nur sieben Köpfe. Dein Schweizerblut, Lienert Pfister, ist gut, und es wird noch besser sein, wenn du einen billigeren Preis ansetzest und das Fass endlich für uns selber anstichst, auf dass wir es an unseren Ehrentagen trinken! Deiner Kuh endlich, Felix Erismann, ist nichts nachzusagen, als dass sie beim Melken regelmäßig den Kübel umschlägt. Darum willst du sie verkaufen; denn allerdings ist diese Untugend nicht erfreulich. Aber wie? Wäre es recht, wenn nun ein braves

Bäuerlein das Tier gewänne, es voll Freuden seiner Frau heimbrächte, die es voll Freuden melken würde und dann die süße, schäumende Milch auf den Boden gegossen sähe? Stelle dir doch den Verdruss, den Unwillen und die Täuschung der guten Frau vor und die Verlegenheit des guten Schützen, nachdem der Spektakel sich zwei oder drei Mal wiederholt! Ja, liebe Freunde! Nehmt es mir nicht übel, aber gesagt muss es sein: Alle unsere Vorschläge haben den gemeinsamen Fehler, dass sie die Ehrensache des Vaterlandes unbedacht und vorschnell zum Gegenstande des Gewinnes und der Berechnung gemacht haben. Mag dies tausendfältig geschehen von Groß und Klein, wir in unserem Kreise haben es bis jetzt nicht getan und wollen es ferner so halten! Also trage jeder gleichmäßig die Kosten der Gabe ohne allen Nebenzweck, damit es eine wirkliche Ehrengabe sei!«

Die fünf Gewinnlustigen, welche beschämt die Köpfe hatten hängen lassen, riefen jetzt einmütig: »Gut gesprochen! Der Chäpper hat gut gesprochen!«, und sie forderten ihn auf, selbst einen Vorschlag zu tun. Aber Frymann ergriff das Wort und sagte: »Zu einer Ehrengabe scheint sich mir ein silberner Becher immer noch am besten zu eignen. Er behält seinen gleichen Wert, wird nicht verbraucht und bleibt ein schönes Erinnerungszeichen an frohe Tage und an wehrbare Männer des Hauses. Ein Haus, in welchem ein Becher aufbewahrt wird, kann nie ganz verfallen, und wer vermag zu sagen, ob nicht um eines solchen Denkmals willen noch manches mit erhalten bleibt? Und wird nicht der Kunst Gelegenheit gegeben, durch stets neue und schöne Formen Mannigfaltigkeit in die Menge der Gefäße zu bringen und so sich in der Erfindung zu üben und einen Strahl der Schönheit in das entlegenste Tal zu tragen, so dass sich nach und nach ein mächtiger Schatz edler Ehrengeschirre im Vaterlande anhäuft, edel an Gestalt und im Metall! Und wie zutreffend, dass dieser Schatz, über das ganze Land verbreitet, nicht zum gemeinen Nießbrauch des täglichen Lebens verwendet werden kann, sondern in seinem reinen Glanze, in seinen geläuterten Formen fort und fort das Höhere vor Augen stellt, den Gedanken dies Ganzen und die Sonne der ideal verlebten Tage festzuhalten scheint! Fort daher mit dem Jahrmarktströdel, der sich in unsern Gabentempeln anzuhäufen beginnt – ein Raub der Motten und des gemeinsten Gebrauches! –, und festgehalten am alten ehrbaren Trinkgefäß! Wahrhaftig, wenn ich in der Zeit lebte, wo die schweizerischen Dinge einst ihrem Ende nahen, so wüsste ich mir kein erhebenderes Schlussfest auszudenken, als die Geschirre aller Körperschaften, Vereine und Einzelbürger, von aller Gestalt und Art, zu Tausenden und Abertausenden zusammenzutragen in all ihrem Glanz der verschwundenen Tage, mit all ihrer Erinnerung, und den letzten Trunk zu tun dem sich neigenden Vaterland –«

»Schweig! Du grober Gast! Was sind das für nichtswürdige Gedanken!«, riefen die Aufrechten und Festen und schüttelten sich ordentlich. Aber Frymann fuhr fort: »Wie es dem Manne geziemt, in kräftiger Lebensmitte zuweilen an den Tod zu denken, so mag er auch in beschaulicher Stunde das sichere Ende seines Vaterlandes ins Auge fassen, damit er die Gegenwart desselben umso inbrünstiger liebe; denn alles ist vergänglich und dem Wechsel unterworfen auf dieser Erde. Oder sind nicht viel größere Nationen untergegangen, als wir sind? Oder wollt ihr einst ein Dasein dahinschleppen wie der ewige Jude, der nicht sterben kann, dienstbar allen neu aufgeschossenen Völkern, er, der die Ägypter, die Griechen und die Römer begraben hat? Nein! Ein Volk, welches weiß, dass es einst nicht mehr sein wird, nützt seine Tage umso lebendiger, lebt umso länger und hinterlässt ein rühmliches Gedächtnis; denn es wird sich keine Ruhe gönnen, bis es die Fähigkeiten, die in ihm liegen, ans Licht und zur Geltung gebracht hat, gleich einem rastlosen Manne, der sein Haus bestellt, ehe denn er dahinscheidet. Dies ist nach meiner Meinung die Hauptsache. Ist die Aufgabe eines Volkes gelöst, so kommt es auf einige Tage längerer oder kürzerer Dauer nicht mehr an, neue Erscheinungen harren schon an der Pforte ihrer Zeit! So muss ich denn gestehen, dass ich alljährlich einmal in schlafloser Nacht oder auf stillen Wegen solchen Gedanken anheimfalle und mir vorzustellen suche, welches Völkerbild einst nach uns in diesen Bergen walten möge? Und jedes Mal gehe ich mit umso größerer Hast an meine Arbeit, wie wenn ich dadurch die Arbeit meines Volkes beschleunigen könnte, damit jenes künftige Völkerbild mit Respekt über unsere Gräber gehe! Aber weg mit diesen Gedanken und zu unserer fröhlichen Sache zurück! Ich dächte nun, wir bestellen bei unserm Meister Silberschmied einen neuen Becher, an dem er keinen Gewinn zu nehmen verspricht, sondern ihn so wertvoll als möglich liefert. Dazu lassen wir von einem Künstler eine gute Zeichnung entwerfen, welche vom gedankenlosen Schlendrian abweicht; doch soll er, wegen der beschränkten Mittel, mehr auf die Verhältnisse, auf einen schönen Umriss und Schwung des Ganzen sehen als auf reichen Zierrat, und der Meister Kuser wird danach eine saubere und solide Arbeit herstellen!«

Dieser Vorschlag wurde angenommen und die Verhandlung geschlossen. Sogleich aber nahm Frymann von Neuem die Rede und trug vor: »Nachdem wir nun das Allgemeine erledigt, werte Freunde, so erlaubt mir, noch eine besondere Sache anzubringen und eine Klage zu führen, deren freundliche Beilegung wir nach alter Weise gemeinsam betreiben wollen. Ihr wisst, wie unser lieber Mann, der Chäpper Hediger, vier Stück hübsche muntere Buben in die Welt gestellt hat, welche mit ihrer frühen Heiratslust die Gegend unsicher machen! Drei haben denn auch richtig schon Weib und Kind, obgleich der älteste noch nicht siebenundzwanzig Jahre zählt. Nun ist noch der jüngste da, eben zwanzigjährig, und was tut der? Er stellt meiner einzigen Tochter nach und verdreht ihr den Kopf. So sind diese besessenen Heiratsteufel allbereits in den Kreis der engeren Freundschaft eingedrungen und drohen, dieselbe zu trüben! Abgesehen von der zu großen Jugend der Kinder gestehe ich hier mit Offenheit, dass eine solche Heirat gegen meine Wünsche und Absichten geht. Ich habe ein umfangreiches Geschäft und ein beträchtliches Vermögen; darum suche ich mir, wenn es Zeit ist, einen Tochtermann, welcher Geschäftsmann ist, ein entsprechendes Kapital hinzubringt und die großen Bauten, welche ich im Sinne habe, fortführt; denn ihr wisst, dass ich weitläufige Bauplätze angekauft habe und der Überzeugung bin, dass sich Zürich bedeutend vergrößern wird. Dein Sohn aber, guter Chäpper, ist ein Regierungsschreiber und hat nichts als das spärliche Einkommen, und wenn er auch höher steigt, so wird dies nie viel größer werden, und seine Rechnung ist ein für alle Mal gemacht. Mag er dabei bleiben, er ist versorgt, wenn er gut haushält; aber eine reiche Frau braucht er nicht, ein reicher Beamter ist ein Unsinn, der einem andern das Brot vor dem Maul wegnimmt; zum Faulenzen aber oder zum Pröbeln eines Unerfahrenen gebe ich mein Geld vollends nicht her! Dazu kommt noch, dass es gegen mein Gefühl geht, das alte bewährte Freundesverhältnis mit Chäpper in ein Verwandtschaftswesen umzuwandeln! Was? Wir sollen uns mit Familienverdrießlichkeiten und gegenseitiger Abhängigkeit beladen? Nein, ihr Mannen, bleiben wir bis zum Tode innig verbunden, aber unabhängig voneinander, frei und unverantwortlich in unsern Handlungen, und nichts da von Schwäher und Gegenschwäher und dergleichen Titeln! So fordere ich dich denn auf, Chäpper, im Schoße der Freundschaft zu erklären, dass du mich in meinen Absichten unterstützen und dem Beginnen deines Sohnes entgegentreten willst! Und nichts für ungut, wir kennen uns alle!«

»Wir kennen uns, das ist wohl gesprochen!«, sagte Hediger feierlich, nachdem er eine lange Prise geschnupft. »Ihr wisst alle, welchen Unstern ich mit meinen Söhnen hatte, obgleich es rührige und aufgeweckte Bursche sind! Ich ließ sie lernen, alles, was ich wünsche selber gelernt zu haben. Jeder kannte etwas Sprachen, machte seinen guten Aufsatz, rechnete vortrefflich und besaß in übrigen Kenntnissen hinreichende Anfangsgründe, um bei einigem Streben nie mehr in völlige Unwissenheit zurückzusinken. Gott sei Dank, dachte ich, dass wir imstande sind, endlich unsere Buben zu Bürgern zu erziehen, denen man kein X mehr für ein U vormachen kann. Und ich ließ darauf jeden das Handwerk lernen, das er sich wünschte. Aber was geschieht? Kaum hatten sie den Lehrbrief in der Tasche und sich ein wenig umgesehen, so wurde ihnen der Hammer zu schwer, sie dünkten sich zu gescheit für das Handwerk und fingen an, den Schreiberstellen nachzulaufen. Weiß der Teufel, wie sie es nur machten, die Schlingel gingen ab wie frische Wecken! Nun, man kann sie scheint's brauchen! Einer ist auf der Post, zwei sind bei Eisenbahngesellschaften angestellt, und der vierte hockt auf einer Kanzlei und behauptet, ein Verwaltungsbeamter zu sein. Kann mir am Ende gleich sein! Wer nicht Meister sein will, muss eben Gesell bleiben und Vorgesetzte haben sein Leben lang! Allein da ihnen Geldsachen durch die Hände gehen, mussten die sämtlichen jungen Herren Schreiber Bürgen stellen; ich selbst habe kein Vermögen, also habt ihr alle wechselsweise meinen Buben Bürgschaft geleistet, die sich ineinander gerechnet auf vierzigtausend Franken beläuft, dazu waren die alten Handwerker, die Freunde des Vaters, gut genug! Und wie meint ihr nun, dass mir zumute sei? Wie stehe ich euch gegenüber da, wenn nur einer von allen vieren einmal einen Fehltritt, einen Leichtsinn, eine Unvorsichtigkeit begeht?«

»Papperlapapp!«, riefen die Alten. »Schlag dir doch dergleichen Mucken aus dem Sinn! Wenn die Bursche nicht brav wären, so hätten wir nicht gebürgt, da sei ruhig!«

»Das weiß ich alles!«, erwiderte Hediger. »Aber das Jahr ist lang, und wenn es vorbei ist, kommt wieder ein anderes. Ich kann euch versichern, ich erschrecke jedes Mal, wenn einer mit einer feineren Zigarre mir ins Haus kommt! Wird er nicht dem Luxus und der Genusssucht anheimfallen?, denke ich. Sehe ich eine der jungen Frauen mit einem neuen Kleid einherziehen, so fürchte ich, sie stürze den Mann in üble Umstände und Schulden; spricht einer auf der Straße mit einem verschuldeten Menschen, so ruft es in mir: Wird der ihn nicht zu einer Unbesonnenheit verführen? Kurz, ihr seht, dass ich mich demütig und abhängig genug fühle und weit entfernt bin, mich noch einem reichen Gegenschwäher gegenüber in Dienstbarkeit zu versetzen und aus einem Freunde einen Herren und Gönner zu schaffen! Und warum soll ich wünschen, dass mein junger Schnaufer von Sohn sich reich und geborgen fühle und mir mit dem Hochmut eines solchen vor der Nase herumlaufe, er, der noch nichts erfahren? Sollte ich helfen, ihm die Schule des Lebens zu verschließen, dass er schon bei jungen Jahren ein Hartherziger, ein Flegel und ein Lümmel wird, der nicht weiß, wie das Brot wächst, und noch wunder meint, was er für Verdienste besitze? Nein, sei ruhig, mein Freund! Hier meine Hand darauf! Nichts von Schwäherschaft, fort mit dem Gegenschwäher!«

Die beiden Alten schüttelten sich die Hand, die übrigen lachten, und Bürgi sagte: »Wer würde nun glauben, dass ihr zwei, die in der Vaterlandssache erst so weise Worte geredet und uns die Köpfe gewaschen habt, nun im Umsehen so törichtes Zeug beginnen würdet! Gott sei Dank! So habe ich also doch noch Aussicht, meine zweischläfige Bettstelle an den Mann zu bringen, und ich schlage vor, dass wir sie dem jungen Pärchen zum Hochzeitsgeschenk machen!«

»Angenommen!«, riefen die andern vier, und Pfister, der Wirt, fügte hinzu: »Und ich verlange, dass mein Fass Schweizerblut an der Hochzeit getrunken werde, der wir alle beiwohnen!«

»Und ich werde es bezahlen, wenn sie stattfindet!«, schrie Frymann zornig. »Aber wenn nichts daraus wird, wie ich sicher weiß, so bezahlt ihr das Fass, und wir trinken es in unsern Sitzungen, bis wir fertig sind!«

»Die Wette ist angenommen!«, hieß es; doch Frymann und Hediger schlugen mit den Fäusten auf den Tisch und wiederholten in einem fort: »Nichts von Schwäherschaft! Wir wollen keine Gegenschwäher sein, sondern unabhängige gute Freunde!«

Mit diesem Ausruf war die inhaltsreiche Sitzung endlich geschlossen, und die Freiheitsliebenden wandelten fest und aufrecht nach Hause.

Beim nächsten Mittagessen eröffnete Hediger, als die Gesellen fort waren, seinem Sohne und seiner Frau den feierlichen Beschluss von gestern, dass zwischen Karl und des Zimmermanns Tochter fortan kein Verhältnis mehr geduldet würde. Frau Hediger, die Büchsenschmiedin, wurde durch diesen Gewaltspruch so zum Lachen gereizt, dass ihr das Restchen Wein, welches sie eben austrinken wollte, in die Luftröhre geriet und ein gewaltiges Husten verursachte.

»Was ist da zu lachen?«, sprach ärgerlich der Meister; seine Frau erwiderte: »Ach, ich muss nur lachen, dass das Sprichwort ›Schuster bleib beim Leist!‹ auch auf eueren Verein anzuwenden ist! Was bleibt ihr nicht bei der Politik, statt euch in Liebeshändel zu mischen?«

»Du lachst wie ein Weib und sprichst wie ein Weib!«, versetzte Hediger mit großem Ernst. »Eben in der Familie beginnt die wahre Politik; freilich sind wir politische Freunde; aber um es zu bleiben, wollen wir nicht die Familien durcheinanderwerfen und Kommunismus treiben mit dem Reichtum des einen. Ich bin arm, und Frymann ist reich, und so soll es bleiben; umso mehr gereicht uns die innere Gleichheit zur Freude. Soll ich nun durch eine Heirat meine Hand in sein Haus und in seine Angelegenheiten stecken und den Eifer und die Befangenheit wachrufen? Das sei ferne!«

»Ei, ei, ei! Das sind mir doch wunderliche Grundsätze!«, antwortete Frau Hediger. »Schöne Freundschaft, wenn ein Freund dem Sohne des andern seine Tochter nicht geben mag! Und seit wann heißt es denn Kommunismus, wenn durch Heirat Wohlhabenheit in eine Familie gebracht wird? Ist das eine verwerfliche Politik, wenn ein glücklicher Sohn ein schönes und reiches Mädchen zu gewinnen weiß, dass er dadurch zu Besitz und Ansehen gelangt, seinen betagten Eltern und seinen Brüdern zur Hand sein und ihnen helfen kann, dass sie auch auf einen grünen Zweig kommen? Denn wo einmal das Glück eingekehrt ist, da greift es leicht um sich, und ohne dass dem einen Abbruch geschieht, können die andern in seinem Schatten mit Geschick ihre Angel auswerfen. Nicht, dass ich es auf ein Schlaraffenleben absehe! Aber es gibt gar viele Fälle, wo mit Anstand und Recht ein reich gewordener Mann von seinen unbemittelten Verwandten mag zurat gezogen werden. Wir Alten werden nichts mehr bedürfen; dagegen könnte vielleicht die Zeit kommen, wo dieser oder jener von Karls Brüdern eine gute Unternehmung, eine glückliche Veränderung wagen möchte, wenn ihm jemand die Mittel anvertraute. Auch wird der ein und andere einen begabten Sohn haben, der sich in die Höhe schwingen würde, wenn das Vermögen da wäre, ihn studieren zu lassen. Der würde vielleicht ein beliebter Arzt werden, der ein angesehener Advokat oder gar ein Richter, der ein Ingenieur oder ein Künstler, und allen diesen würde es dann, einmal so weit gekommen, wiederum ein Leichtes sein, sich gut zu verheiraten und so zuletzt eine angesehene, zahlreiche und glückliche Familie zu bilden. Was wäre nun menschlicher, als dass ein begüterter Oheim da wäre, der, ohne sich Schaden zu tun, seinen rührigen, aber armen Verwandten die Welt auftäte? Denn wie oft kommt es nicht vor, dass um eines Glücklichen willen, der in einem Hause ist, auch alle andern etwas von der Welt erschnappen und klug werden? Und alledem willst du den Zapfen vorstecken und das Glück an der Quelle verstopfen?«

Hediger lachte voll Verdruss und rief: »Luftschlösser! Du sprichst wie die Bäuerin mit dem Milchtopf! Ich sehe ein anderes Bild von dem Reichgewordenen unter armen Verwandten! Der lässt sich allerdings nichts abgehen und hat immer tausend Einfälle und Begierden, die ihn zu tausend Ausgaben veranlassen und die er befriedigt. Kommen aber seine Eltern und seine Brüder zu ihm, geschwind setzt er sich wichtig und verdrießlich über sein Zinsbuch, die Feder quer im Munde, seufzt und spricht: ›Danket Gott, dass ihr nicht den Verdruss und die Last einer solchen Vermögensverwaltung habt! Lieber wollt ich eine Herde Ziegen bewachen, als ein Rudel böswilliger und saumseliger Schuldner! Nirgends geht Geld ein, überall suchen sie auszubrechen und durchzuschlüpfen, Tag und Nacht muss man in Sorgen sein, dass man nicht gröblich betrogen wird! Und kriegt man einen Schuft beim Kragen, so hebt er ein solches Gewinsel an, dass man ihn nur schnell wieder muss laufen lassen, wenn man nicht als ein Wucherer und Unmensch will verschrien werden. Alle Amtsblätter, alle Tagfahrten, alle Ausschreibungen, alle Inserate muss man lesen und wieder lesen, um nicht eine Eingabe zu versäumen und einen Termin zu übersehen. Und nie ist Geld in der Kasse! Zahlt einer ein Darlehen zurück, so stellt er sein Geldsäckchen in allen Schenken auf den Tisch und tut dick mit seiner Abzahlung, und eh er aus dem Hause ist, stehen drei da, die das Geld haben wollen, einer davon sogar ohne Unterpfande! Und dann die Ansprüche der Gemeinde, der Wohltätigkeitsanstalten, der öffentlichen Unternehmungen, der Subskriptionslisten aller Art – man kann nicht ausweichen, die Stellung

264

erfordert es; aber ich sage euch, man weiß eh nicht, wo einem der Kopf steht! Dies Jahr bin ich gar in der Klemme, ich habe meinen Garten verschönern lassen und einen Balkon gebaut, die Frau hat es schon lange gewünscht, nun sind die Rechnungen da! Mir ein Reitpferd zu halten, wie der Arzt schon hundertmal geraten, daran darf ich gar nicht denken, denn immer kommen neue Ausgaben dazwischen. Seht, da hab ich mir auch eine kleine Kelter bauen lassen von neuester Konstruktion, um den Muskateller zu pressen, den ich an den Spalieren ziehe – hol mich der Teufel, wenn ich sie dies Jahr bezahlen kann! Nun, ich habe gottlob noch Kredit!‹ So spricht er und schüchtert, indem er noch eine grausame Prahlerei damit zu verbinden weiß, seine armen Brüder, seinen alten Vater ein, dass sie ihr Anliegen verschweigen und sich nur wieder fortmachen, nachdem sie seinen Garten und seinen Balkon und seine sinnreiche Kelter bewundert. Und sie gehen zu fremden Leuten, um Hilfe zu suchen, und bezahlen gern höhere Zinsen, um nur nicht so viel Geschwätz hören zu müssen. Seine Kinder sind fein und köstlich gekleidet und gehen elastisch über die Straßen; sie bringen den armen Vetterchen und Bäschen kleine Geschenke und holen sie alljährlich zweimal zum Essen, und es ist dies den reichen Kindern ein großer Jux; aber wenn die Gäste ihre Schüchternheit verlieren und auch laut werden, so füllt man ihre Taschen mit Äpfeln und schickt sie nach Hause. Dort erzählen sie alles, was sie gesehen und was sie zu essen bekommen haben, und alles wird getadelt; denn Groll und Neid erfüllt die armen Schwägerinnen, welche nichtsdestoweniger der wohlhabenden Person schmeicheln und deren Staat rühmen mit beredten Zungen. Endlich kommt ein Unglück über den Vater oder über die Brüder, und der reiche Mann muss nun wohl oder übel, des Gerüchtes wegen, vor den Riss stehen. Er tut es auch, ohne sich lange bitten zu lassen; aber nun ist das Band brüderlicher Gleichheit und Liebe ganz zerrissen! Die Brüder und ihre Kinder sind nun die Knechte und Untertanenkinder des Herrn; jahraus und -ein werden sie geschulmeistert und zurechtgewiesen, in grobes Tuch müssen sie sich kleiden und schwarzes Brot essen, um einen kleinen Teil des Schadens wieder einzubringen, und die Kinder werden in Waisenhäuser und Armenschulen gesteckt, und wenn sie stark genug sind, müssen sie arbeiten im Hause des Herrn und unten an seinem Tische sitzen, ohne zu sprechen.«

»Hu«, rief die Frau, »was sind das für Geschichten! Und willst du wirklich deinen eigenen Sohn hier für einen solchen Schubiack halten? Und ist es denn geschrieben, dass gerade seine Brüder ein solches Unglück treffen sollte, das sie zu seinen Knechten machte? Sie, die sich schon selbst zu helfen wussten bis jetzt? Nein, da glaube ich doch zur Ehre unseres eigenen Blutes, dass wir durch eine reiche Heirat nicht dergestalt aus dem Häuschen gerieten, vielmehr sich meine bessere Ansicht bestätigen würde!«

»Ich will nicht behaupten«, erwiderte Hediger, »dass es gerade bei uns so zuginge; aber auch bei uns würde dennoch die äußere und endlich auch die innere Ungleichheit eingeführt; wer nach Reichtum trachtet, der strebt seinesgleichen ungleich zu werden –«

»Larifari!«, unterbrach ihn die Frau, indem sie das Tischtuch zusammennahm und zum Fenster hinausschüttelte. »Ist denn Frymann, der das Gut in Händen hat, um das wir uns streiten, euch andern ungleich geworden? Seid ihr nicht ein Herz und eine Seele und steckt immer die Köpfe zusammen?«

»Das ist was anderes!«, rief der Mann. »Was ganz anderes! Der hat sein Gut nicht erschlichen oder in der Lotterie gewonnen, sondern Taler um Taler durch seine Mühe erworben während vierzig Jahren. Und dann sind wir nicht Brüder, ich und er, und gehen einander nichts an und wollen es ferner so halten, das ist der Punkt! Und endlich ist der nicht wie andere Leute, der ist noch ein Fester und Aufrechter! Wir wollen aber nicht immer nur diese kleinen Privatverhältnisse betrachten! Glücklicherweise gibt es bei uns keine ungeheuer reichen Leute, der Wohlstand ist ziemlich verteilt; lass aber einmal Kerle mit vielen Millionen entstehen, die politische Herrschsucht besitzen, und du wirst sehen, was die für Unfug treiben! Da ist der bekannte Spinnerkönig, der hat wirklich schon viele Millionen, und man wirft ihm vor, dass er ein schlechter Bürger und ein Geizhals sei, weil er sich nichts ums Allgemeine kümmere. Im Gegenteil, ein guter Bürger ist er, der nach wie vor die andern gehen lässt, sich selbst regiert und lebt wie ein anderer Mann. Lass diesen Kauz ein politisches herrschsüchtiges Genie sein, gib ihm einige Liebenswürdigkeit, Freude an Aufwand und Sinn für allerhand theatralischen Pomp, lass ihn Paläste und gemeinnützige Häuser bauen, und dann schau, was er für einen Schaden anrichtet im gemeinen Wesen und wie er den Charakter des Volkes verdirbt. Es wird eine Zeit kommen, wo in unserem Lande, wie anderwärts, sich große Massen Geldes zusammenhängen, ohne auf tüchtige Weise erarbeitet und erspart worden zu sein; dann wird es gelten, dem Teufel die Zähne zu weisen; dann wird es sich zeigen, ob der Faden und die Farbe gut sind an unserem Fahnentuch! Kurz und gut: Ich sehe nicht ein, warum einer meiner Söhne nach fremdem Gute die Hand ausstrecken soll, ohne einen Streich darum gearbeitet zu haben. Das ist ein Schwindel wie ein anderer!«

»Es ist ein Schwindel, der da ist, solange die Welt steht«, sagte die Frau mit Lachen, »dass zwei sich heiraten wollen, die sich gefallen! Hieran werdet ihr mit all euren großen und steifen Worten nichts ändern! Du bist übrigens allein der Narr im Spiele; denn Meister Frymann sucht weislich zu verhüten, dass deine Kinder den seinigen gleich werden. Aber die Kinder werden auch ihre eigene Politik haben und sie durchführen, wenn etwas an dem Handel ist, was ich nicht weiß!«

»Mögen sie«, sagte der Meister, »das ist ihre Sache; die meinige ist, nichts zu begünstigen und, solange Karl minderjährig ist, jedenfalls meine Einwilligung zu versagen!«

Mit dieser diplomatischen Erklärung und der neuesten Nummer des »Republikaners« zog er sich in sein Studierzimmer zurück. Frau Hediger dagegen wollte sich nun hinter den Sohn machen und ihn neugierig zur Rede stellen; doch bemerkte sie erst jetzt, dass er sich aus dem Staube gemacht habe, da ihm die ganze Verhandlung durchaus überflüssig und unzweckmäßig erschien und er sich überhaupt scheute, seine Liebeshändel vor den Eltern auszukramen.

Desto zeitiger bestieg er am Abend das Schiffchen und ruderte hinaus, wo er schon viele Abende gewesen. Allein er sang sein Liedchen einmal und zweimal und sogar bis auf den letzten Vers, ohne dass sich jemand sehen ließ, und nachdem er länger als eine Stunde vergeblich vor dem Zimmerplatze gekreuzt hatte, fuhr er verwirrt und niedergeschlagen zurück und glaubte, seine Sache stände in der Tat schlecht. Die vier oder fünf nächsten Abende ging es ihm ebenso, und nun gab er es auf, der Ungetreuen nachzustellen, als wofür er sie hielt; denn obgleich er sich ihres Vorsatzes erinnerte, ihn nur alle vier Wochen sehen zu wollen, so hielt er dies nur für eine Vorbereitung zur gänzlichen Verabschiedung und verfiel in eine zornige Traurigkeit. Es kam ihm deshalb höchst gelegen, dass die Übungszeit für die Scharfschützenrekruten begann, und er ging vorher mit einem Bekann-

ten, der Schütz war, mehrere Nachmittage hindurch auf eine Schieß-
stätte, um sich notdürftig zu üben und die zur Anmeldung erforderli-
che Anzahl Treffer aufweisen zu können. Sein Vater sah ziemlich
spöttisch diesem Treiben zu und kam unversehens selbst hin, um den
Sohn noch rechtzeitig von dem törichten Unterfangen abzuhalten,
wenn er, wie er vermutete, gar nichts könnte.

Allein er kam eben recht, als Karl sein halbes Dutzend Fehlschüsse
schon hinter sich hatte und nun eine Reihe ziemlich guter Schüsse
abgab. »Du machst mir nicht weis«, sagte er erstaunt, »dass du noch
nie geschossen habest! Du hast heimlich schon manchen Franken dafür
ausgegeben, das steht fest!«

»Heimlich habe ich wohl schon geschossen, aber ohne Kosten! Wisst
Ihr wo, Vater?«

»Das hab ich mir gedacht!«

»Ich habe schon als Junge oft dem Schießen zugesehen, aufgemerkt,
was darüber gesprochen wurde, und seit Jahren schon empfand ich
eine solche Lust dazu, dass ich davon träumte, und, wenn ich wach
im Bette lag, in Gedanken die Büchse stundenlang regierte und Hun-
derte von wohlgezielten Schüssen nach der Scheibe sandte.«

»Das ist ja vortrefflich! Da wird man in Zukunft ganze Schützen-
kompanien ins Bett konsignieren und solche Gedankenübungen an-
ordnen; das spart Pulver und Schuh'!«

»Das ist nicht so lächerlich, als es aussieht«, sagte der erfahrene
Schütz, der Karl unterrichtete, »es ist gewiss, dass von zwei Schützen,
die an Auge und Hand gleich begabt sind, der, welcher ans Nachdenken gewöhnt ist, Meister bleiben wird. Es braucht auch einen angebo-
renen Takt zum Abdrücken, und es gibt gar seltsame Dinge hier wie
in allen Übungen.«

Je öfter und je besser Karl traf, desto mehr schüttelte der alte Hediger das Haupt; die Welt schien ihm auf den Kopf gestellt; denn er
selbst hatte, was er war und konnte, nur durch Fleiß und angestrengte
Übung erreicht; selbst seine Grundsätze, welche die Leute sonst so
leicht und zahlreich wie Heringe einzupacken wissen, hatte er nur
durch anhaltendes Studium in seinem Hinterstübchen erworben. Doch
wagte er nun nicht mehr Einsprache zu tun und begab sich von hinnen, nicht ohne innerliche Zufriedenheit, einen vaterländischen
Schützen unter seine Söhne zu zählen; und bis er seine Wohnung erreichte, war er entschlossen, demselben eine gut sitzende Uniform

von besserem Tuche zu machen. »Versteht sich, muss er sie bezahlen!«, sagte er sich; aber er konnte schon wissen, dass er seinen Söhnen nie etwas zurückforderte und dass sie ihm nie etwas zu erstatten begehrten. Das ist Eltern gesund und lässt sie zu hohen Jahren kommen, auf dass sie erleben, wie ihre Kinder wiederum von den Enkeln lustig geschröpft werden, und so geht es von Vater auf Sohn, und alle bleiben bestehen und haben guten Appetit.

Karl wurde nun auf mehrere Wochen in die Kaserne gesteckt und gedieh zu einem hübschen und gewandten Soldaten, der, obgleich er verliebt war und nichts mehr von seinem Mädchen sah noch hörte, dennoch aufmerksam und munter seinem Dienst oblag, solange der Tag dauerte; und des Nachts ließen die Reden und Possen, welche die Schlafkameraden aufführten, keine Möglichkeit übrig, seinen Gedanken einsam nachzuhängen. Es war ein Dutzend Leute aus verschiedenen Bezirken, welche ihre heimischen Künste und Witze austauschten und verwerteten, lange nachdem die Lichter gelöscht waren und bis Mitternacht herankam. Aus der Stadt war außer Karl nur noch einer dabei, welchen er von Hörensagen kannte. Der war einige Jahre älter als er und hatte schon als Füsilier gedient. Seines Zeichens ein Buchbinder, arbeitete er seit geraumer Zeit keinen Streich mehr und lebte aus den in die Höhe geschraubten Mietzinsen alter Häuser, die er mit Geschick und ohne Kapital zu kaufen wusste. Manchmal verkaufte er eines wieder an einen Gimpel zu übertriebenem Preise, steckte, wenn der Käufer nicht halten konnte, den Reukauf und die bereits bezahlten Summen in die Tasche und nahm das Haus wieder an sich, indem er den Mietern abermals aufschlug. Auch hatte er's im Griff, durch leichte bauliche Veränderungen die Wohnungen um ein Kämmerlein oder kleines Stübchen zu vergrößern und abermals eine bedeutende Zinserhöhung eintreten zu lassen. Diese Veränderungen waren durchaus nicht zweckmäßig und bequem erdacht, sondern ganz willkürlich und einfältig; ebenso kannte er alle Pfuscher unter den Handwerkern, welche die wohlfeilste und schlechteste Arbeit lieferten, mit denen er machen konnte, was er wollte. Wenn ihm gar nichts anderes mehr einfiel, so ließ er eines seiner alten Gebäude auswendig neu anweißen und erhöhte abermals die Miete. Dergestalt erfreute er sich einer hübschen jährlichen Einnahme, ohne eine Stunde wirklicher Arbeit. Seine Gänge und Verabredungen waren bald besorgt, und ebenso lange, als vor seinen eigenen Machereien, stellte er sich vor den

Bauwerken anderer Leute auf, spielte den Sachverständigen, redete in alles hinein und war im Übrigen der dümmste Kerl von der Welt. Daher galt er für einen klugen und wohlhabenden jungen Mann, der es schon früh zu etwas brächte, und er ließ sich nichts abgehen. Er hielt sich nun zu gut für einen Infanteriesoldaten und hatte Offizier werden wollen. Da er aber dafür zu faul und unwissend war, hatte man ihn nicht brauchen können, und nun war er durch hartnäckige Aufdringlichkeit zu den Scharfschützen gekommen.

Hier suchte er sich mit Gewalt im Ansehen zu erhalten, ohne sich anzustrengen, lediglich durch seinen Geldbeutel. Er lud die Unterinstruktoren und die Kameraden fortwährend zum Zechen ein und gedachte sich durch plumpe Freigebigkeit Nachsicht und Freiheit zu verschaffen. Doch erreichte er nichts, als dass er gehänselt wurde und allerdings einer Art Nachsicht genoss, indem man es bald aufgab, etwas Rechtes aus ihm zu machen, und ihn laufen ließ, solang er die andern nicht störte. Ein einziger Rekrut schloss sich ihm an und machte ihm den Bedienten, putzte ihm Waffen und Zeug und redete zu seinen Gunsten, und das war ein reicher Bauernsohn und junger Geizkragen, welcher stets furchtbare Fress- und Trinklust empfand, sobald er sie auf fremde Kosten befriedigen konnte. Der glaubte sich den Himmel zu verdienen, wenn er seine blanken Taler vollzählig wieder nach Hause tragen und doch sagen konnte, er habe lustig gelebt während des Dienstes und gezecht wie ein wahrer Scharfschütz; er war dabei lustig und guter Dinge und unterhielt seinen Gönner, der bei Weitem nicht besaß, was er, mit seiner dünnen Fistelstimme, womit er hinter der Flasche allerlei ländliche Modelieder gar seltsam zu singen wusste; denn er war ein fröhlicher Geizhals. So lebten die beiden, Ruckstuhl, der junge Schnapphahn, und Spörri, der junge Bauernfilz, in herrlicher Freundschaft. Jener hatte immerdar Fleisch und Wein vor sich stehen und tat, was er mochte, und dieser verließ ihn so wenig als möglich, sang und putzte ihm die Stiefel und verschmähte sogar die kleinen Geldgeschenke nicht, die jener abließ.

Die andern trieben indessen ihren Spott mit ihnen und machten unter sich aus, dass Ruckstuhl in keiner Kompanie sollte geduldet werden. Das galt jedoch für seinen Famulus nicht, denn der war wunderlicherweise ein guter Schütz, und im Heer ist jeder willkommen, der seine Sache versteht, mag er dabei ein Philister oder ein Wildfang sein.

Karl war der erste, wenn man sich über das Paar lustig machte; aber in einer Nacht verging ihm der Spaß, als der weinselige Ruckstuhl, nachdem schon alles still war im Zimmer, seinem Anhänger vorprahlte, was er für ein Herr sei und wie er in Bälde dazu eine reiche Frau zu nehmen gedächte, die Tochter des Zimmermeisters Frymann, die ihm nach allem, was er gemerkt, nicht entgehen könne.

Jetzt war Karls Ruhe dahin, und am nächsten Tage ging er, sobald er eine Stunde frei hatte, zu seinen Eltern, um zu horchen, was es gebe. Da er aber selbst nicht von der Sache beginnen mochte, so vernahm er nichts von Herminen, bis erst, als er wieder ging, die Mutter ihm einen Gruß von ihr ausrichtete.

»Wo habt Ihr sie denn gesehen?«, fragte er möglichst kaltblütig.

»Ei, sie kommt jetzt alle Tage mit der Magd auf den Markt und lernt einkaufen. Ich muss ihr dabei Anleitung geben, wenn wir uns treffen, und wir gehen dann auf dem ganzen Markte herum und haben viel zu lachen; denn sie ist immer lustig.«

»So?«, sagte der Vater. »Darum bleibst du manchmal so lange weg? Und was treibst du da für Kuppelei? Schickt sich das für eine Mutter, so zu handeln und mit Personen herumzulaufen, die dem Sohne verboten sind, und ihre Grüße zu bestellen?«

»Was verbotene Personen? Kenne ich das gute Kind nicht von klein auf, habe es noch auf dem Arm getragen und soll nicht mit ihm umgehen? Und soll sie die Leute in unserm Hause nicht grüßen dürfen? Und soll das eine Mutter nicht besorgen? Und sollte eine Mutter ihre Kinder nicht verkuppeln dürfen? Mich dünkt, sie ist gerade die rechte Behörde dazu! Aber von dergleichen Dingen sprechen wir gar nicht, wir Frauensleute sind nicht halb so erpicht auf euch ungezogene Männer, und wenn ich der Hermine zu raten habe, so nimmt sie gar keinen!«

Karl hörte das Gespräch nicht mehr zu Ende, sondern ging seiner Wege; denn er hatte einen Gruß, und von einer verdächtigen Neuigkeit war nicht die Rede gewesen. Nur legte er den Finger an die Nase, warum Hermine wohl so lustig sei, da sie sonst nie viel gelacht habe? Er legte es endlich zu seinen Gunsten aus und nahm an, sie sei nur lustig, weil sie seine Mutter antreffe. So beschloss er, sich still zu halten, dem Mädchen etwas Gutes zuzutrauen und die Dinge geschehen zu lassen.

Einige Tage später kam Hermine mit dem Strickzeug zu Frau Hediger auf Besuch, und es herrschte da eine große Freundlichkeit, Gespräch und Lachen, so dass Hediger, der einen feinen Bratenrock zuschnitt, in seiner Werkstatt fast gestört wurde und sich wunderte, was da für eine Gevatterin angekommen sei. Doch achtete er nicht lange darauf, bis er endlich hörte, dass seine Frau über einen Schrank ging und im blauen Kaffeegeschirr klapperte. Die Büchsenschmiedin kochte nämlich einen Kaffee, so gut sie ihn je gekocht; auch nahm sie eine tüchtige Handvoll Salbeiblätter, tauchte sie in einen Eierteig und buk sie in heißer Butter zu sogenannten Mäuschen, da die Stiele der Blätter wie Mausschwänze aussahen. Sie gingen prächtig auf, dass es eine getürmte Schüssel voll gab, deren Duft mit demjenigen des reinen Kaffees zum Meister emporstieg. Als er vollends hörte, wie sie Zucker zerklopfte, wurde er höchst ungeduldig, bis man ihn zum »Trinken« rief; aber er wäre keinen Augenblick vorher gegangen, denn er gehörte zu den Festen und Aufrechten. Als er nun in die Stube trat, sah er seine Frau und die ziervolle verbotene Person in dicker Freundschaft hinter der Kanne sitzen, und zwar hinter der blaugeblümten, und außer den Mäuslein stand noch Butter da und die blaugeblümte Büchse voll Honig; es war zwar kein Bienenhonig, sondern nur Kirschmus, ungefähr von der Farbe von Herminens Augen; und dazu war es Sonnabend, ein Tag, wo alle ehrbaren Bürgersfrauen fegen und scheuern, kehren und bohnen und keinen genießbaren Bissen kochen.

Hediger sah sehr kritisch auf die ganze Anstalt und grüßte mit etwas strenger Miene; allein Hermine war so holdselig und dabei resolut, dass er wie aufs Maul geschlagen dasaß und damit endigte, dass er selbst ein »Glas Wein« aus dem Keller holte und sogar aus dem kleinen Fässchen. Hermine erwiderte diese Gnade dadurch, dass sie behauptete, es müsse für Karl auch ein Teller voll Mäuse aufbewahrt werden, da er in der Kaserne doch nicht viel Gutes hätte. Sie nahm ihren Teller und zog mit den zierlichen Fingern eigenhändig die schönsten Mäuschen an den Schwänzen aus der Schüssel, und so viele, dass die Mutter selbst zuletzt rief, es sei nun genug. Jene stellte aber den Teller neben sich, betrachtete ihn wohlgefällig von Zeit zu Zeit, nahm auch etwa wieder ein Stück daraus und aß es, indem sie sagte, sie sei jetzt bei Karl zu Gaste, und ersetzte den Raub gewissenhaft aus der Schüssel.

Endlich wurde das Ding dem guten Hediger zu bunt; er kratzte sich hinter den Ohren, und so eilig seine Arbeit war, zog er doch schnell den Rock an und rannte fort, den Vater der Sünderin aufzusuchen. »Wir müssen aufpassen!«, sagte er zu ihm. »Deine Tochter sitzt in dickster Herrlichkeit bei meiner Alten, und es ist mir ein sehr verdächtiges Getue, du weißt, die Weiber sind des Teufels.«

»Warum jagst du den Aff nicht fort?«, sagte Frymann ärgerlich.

»Ich fortjagen? Das werd ich bleiben lassen, das ist ja eine Staatshexe! Komm du selbst und sieh nach!«

»Gut, ich komme sogleich mit und werde dem Kind angemessen bedeuten, was es zu tun hat!«

Als sie aber hinkamen, fanden sie statt des Fräuleins den Scharfschützen, der seine grüne Weste aufgeknöpft hatte und sich das aufgehobene Gebäck und den Rest des Weines umso besser schmecken ließ, als ihm die Mutter beiläufig mitgeteilt hatte, Hermine würde diesen Abend wieder einmal auf dem See fahren, da es so schöner Mondschein und schon vier Wochen her sei, seit sie es getan.

Karl fuhr umso zeitiger auf den See hinaus, als er mit dem Zapfenstreich, den die Zürcher Trompeter in himmlischen Harmonien ertönen lassen in schönen Frühlings- und Sommernächten, wieder einrücken musste. Es war noch nicht völlig dunkel, da er vor den Zimmerplatz kam; aber o weh, des Herren Frymanns Bootchen schwamm nicht wie sonst im Wasser, sondern lag umgekehrt auf zwei Böcken, wohl zehn Schritte vom Ufer entfernt.

Sollte das eine Fopperei sein oder ein Streich von dem Alten?, dachte er und wollte eben betrübt und aufgebracht abfahren, als der große goldene Mond aus den Wäldern des Zürichberges heraufstieg und zugleich Hermine hinter einer blühenden Weide hervortrat, die ganz voll gelber Kätzchen hing.

»Ich wusste nicht, dass unser Schiff neu angemalt wird«, flüsterte sie, »ich muss daher in deines kommen, fahr schnell weg!« Und sie sprang leichten Fußes zu ihm hinein und setzte sich ans andere Ende seines Jagers, der kaum sieben Schuh lang war. Sie fuhren hinaus, bis sie jedem spähenden Blick entschwanden, und Karl stellte unverweilt Herminen wegen Ruckstuhl zur Rede, indem er dessen Worte und Taten erzählte.

»Ich weiß«, antwortete sie, »dass dieser Monsieur mich zur Frau begehrt und dass mein Vater sogar nicht abgeneigt ist, ihm zu willfahren; er hat schon davon gesprochen.«

»Reitet ihn denn der Teufel, dich diesem Strolch und Tagdieb zu geben? Wo bleiben denn seine gravitätischen Grundsätze?«

Hermine zuckte die Achseln und erwiderte: »Der Vater hat einmal die Idee, eine Anzahl großer Häuser zu bauen und damit zu spekulieren; darum möchte er einen Schwiegersohn haben, der ihm darin zur Hand geht, besonders was das Spekulieren betrifft, und, indem er für das Ganze besorgt ist, weiß, dass er seinen eigenen Nutzen fördert. Er denkt sich ein gemeinschaftliches, vergnügtes Schaffen und Spintisieren, wie er es gewünscht hätte mit einem eigenen Sohne zu teilen, und nun scheint ihm dieser Herr das rechte Genie dazu zu sein. ›Dem fehlt nichts‹, sagt er, ›als ein tüchtiges Geschäftsleben, um ein ganzer Praktikus zu werden.‹ Von seiner einfältigen Lebensart weiß der Vater nichts, weil er nicht auf das Tun der Leute sieht und nirgends hinkommt, als zu seinen alten Freunden. Kurz, der Ruckstuhl ist morgen, da es Sonntag ist, bei uns zum Essen eingeladen, um die Bekanntschaft zu befestigen, und ich fürchte, dass er gleich mit der Tür ins Haus fallen wird. Er ist zudem ein schmählicher Wohldiener und frecher Mensch, wie ich gehört habe, wenn er etwas erschnappen will, woran ihm gelegen ist.«

»Ei nun«, sagte Karl, »so wirst du ihn gehörig abtrumpfen!«

»Das werde ich auch tun; aber besser wäre es, wenn er gar nicht käme und meinen Papa im Stich ließe!«

»Das wäre freilich besser; aber es ist ein frommer Wunsch, er wird sich wohl hüten wegzubleiben.«

»Ich habe mir einen Plan ausgedacht, der freilich etwas sonderbar ist. Könntest du ihn nicht heute noch oder morgen früh zu einer Dummheit verführen, dass ihr miteinander Arrest erhieltet für vierundzwanzig oder achtundvierzig Stunden?«

»Du bist sehr gütig, mich zwei Tage ins Loch zu schicken, um dir ein Nein zu ersparen! Tust du's nicht billiger?«

»Es ist notwendig, damit unser Gewissen nicht zu sehr leidet, dass du das Leiden mit ihm teilest! Was das Nein betrifft, so wünsche ich gar nicht in die Lage zu kommen, Ja oder Nein zu dem Menschen sagen zu müssen; es ist schon genug, dass er in den Kasernen von mir spricht. Weiter soll er es nicht einmal bringen.«

»Du hast recht, mein Schätzchen! Dennoch denke ich den Schlingel allein ins Loch spazieren zu lassen, es dämmert mir ein Projekt auf. Doch genug hiervon, es ist schade für die köstliche Zeit und um den goldenen Mondschein! Denkst du dir nichts dabei?«

»Was soll ich mir dabei denken?«

»Dass wir uns vier Wochen nicht gesehen haben und dass du heute nicht wohl ungeküsst das Land betreten dürftest!«

277 »Willst *du* mich etwa küssen?«

»Ja, ich! Aber es eilt mir gar nicht, ich habe dich zu sicher in der Hand! Ich will mich noch einige Minuten, vielleicht fünf, höchstens sechs, darauf freuen!«

»Soso! Ist das nun der Dank für mein Vertrauen, und ist es dir wirklich ernst? Lässest du nicht mit dir unterhandeln?«

»Und wenn du mit Engelszungen redetest, mitnichten! Jetzt ist guter Rat einmal teuer, mein Fräulein!«

»So will ich Ihnen auch, etwas vortragen, mein Herr! Wenn du mich heute Abend noch nur mit einer Fingerspitze berührst gegen meinen Willen, so ist es aus zwischen uns, und ich werde dich nie wiedersehen – das schwöre ich dir bei Gott und bei meiner Ehre! –, denn es ist mir ernst.«

Ihre Augen funkelten, als sie das sagte. »Das wird sich dann schon geben«, erwiderte Karl, »halte dich nur still, ich werde jetzt bald kommen!«

»Tu, was du willst!«, sagte Hermine kurz und schwieg. Allein sei es, dass er sie doch für fähig hielt, ihr Wort zu halten, oder dass er selbst nicht wünschte, dass sie ihren Schwur bräche, er blieb gehorsam an seinem Platze sitzen und schaute mit blitzenden Augen zu ihr hinüber, im Mondlichte spähend, ob sie nicht mit den Mundwinkeln zucke und ihn auslache.

»Ich muss mich also wieder mit der Vergangenheit trösten und durch meine Erinnerungen entschädigen«, begann er nach einer kleinen Stille; »wer sollte es diesem strengen, fest geschlossenen Mündchen ansehen, dass es vor vielen Jahren schon so süße Küsse zu geben wusste?«

»Fängst du wieder an mit deinen unverschämten Erfindungen? Aber wisse, dass ich das ärgerliche Zeug auch nicht länger anhören will!«

»Sei nur ruhig! Nur noch diesmal wollen wir unsere Betrachtungen rückwärts lenken in jene goldene Zeit, und zwar wollen wir reden von dem letzten Kusse, den du mir gegeben hast, ich erinnere mich der Umstände, als ob es heute wäre, deutlich und klar, und ich bin überzeugt, du desgleichen! Ich war schon dreizehn Jahre alt, du etwa zehn, und schon einige Jahre waren verflossen, ohne dass wir uns mehr geküsst hätten, denn wir dünkten uns nun große Leute. Da sollte es doch noch einen angenehmen Schluss geben; oder war er die frühe Lerche, die den neuen Morgen verkündete? Es war an einem schönen Pfingstmontag –«

»Nein, Himmelfahrtstag –«, unterbrach ihn Hermine, schwieg jedoch, ohne das Wort ganz auszusprechen.

»Du hast recht, es war ein prachtvoller Himmelfahrtstag im Monat Mai, wir waren mit einer Gesellschaft junger Leute ausgezogen, wir zwei die einzigen Kinder dabei. Du hieltest dich an die großen Mädchen und ich mich an die Jünglinge, und wir verschmähten, miteinander zu spielen oder auch nur zu reden. Nachdem man schon weit und breit herumgekommen, ließ man sich in einem hohen und lichten Gehölz nieder und begann ein Pfänderspiel; denn der Abend war nicht mehr fern, und die Gesellschaft wollte nicht ohne einige Küsserei nach Hause kehren. Zwei Leute wurden verurteilt, sich mit Blumen im Munde zu küssen, ohne dieselben fallen zu lassen. Als dieses und die nachfolgenden Paare das Kunststück nicht zustande brachten, kamst du plötzlich ganz unbefangen auf mich zugelaufen, ein Maiglöckchen im Munde, stecktest mir auch ein solches zwischen die Lippen und sagtest: ›Probier einmal!‹ Richtig fielen beide Blümchen auf die Erde zu ihren Geschwistern, du setztest aber im Eifer dennoch dein Küsschen ab. Es war, wie wenn ein leichter schöner Schmetterling abgesessen wäre, und ich griff unwillkürlich mit zwei Fingerspitzen danach, ihn zu haschen. Da glaubte man, ich wolle den Mund abwischen, und lachte mich aus.«

»Hier sind wir am Lande!«, sagte Hermine und sprang hinaus. Dann kehrte sie sich freundlich noch einmal gegen Karl.

»Weil du dich so still gehalten und meinem Worte die Ehre gegeben hast, die ihm gebührt«, sagte sie, »so will ich, wenn es nötig sein sollte, auch vor vier Wochen wieder mit dir fahren und es dir in einem Briefchen anzeigen. Es wird das erste Schriftliche sein, das ich dir anvertraue.«

Damit eilte sie nach dem Hause. Karl dagegen fuhr eilig nach dem Hafenplatz, um den Zapfenstreich der biederen Trompeter nicht zu

öffnete rasch die Türe und sah in das Zimmer; denn Karl, der die Ohren gespitzt, war schnell aus dem Bette gesprungen, hatte den Riegel zurückgeschoben und sich ebenso rasch wieder unter die Decke gemacht. Als der Offizier sah, dass alles dunkel und still war, und nichts hörte als schnaufen und schnarchen, rief er: »Heda, Leute!«

»Geht zum Teufel!«, rief Karl. »Und legt euch einmal schlafen, ihr Trunkenbolde!« Auch die andern stellten sich, als ob sie geweckt würden, und riefen: »Sind die Bestien noch nicht im Bett? Werft sie hinaus, ruft die Wache!«

»Sie ist schon da, ich bin's!«, sagte der Offizier. »Mach einer von euch Licht, rasch!« Es geschah, und als die Besessenen beleuchtet wurden, erhob sich ein Gelächter unter allen Bettdecken hervor, wie wenn sämtliche Mannschaft von dem Anblick im höchsten Grad überrascht wäre. Ruckstuhl und Spörri lachten mit wie die Narren, marschierten herum und hielten sich die Bäuche; denn ihre Geister hatten wieder eine andere Richtung eingeschlagen. Ruckstuhl machte dem Offizier ein Schnippchen ums andere unter die Nase, und Spörri streckte ihm die Zunge heraus. Als der Verhöhnte sah, dass mit dem fröhlichen Paare nichts anzufangen sei, zog er seine Schreibtafel hervor und schrieb ihre Namen auf. Nun traf es sich zum Unglück, dass er gerade in einem von Ruckstuhls Häusern wohnte und, da eben Ostern vorüber war, den Mietzins noch nicht bezahlt hatte, sei es, weil er nicht bei Geld war oder weil er des Dienstes wegen die Sache versäumt. Kurz, Ruckstuhls Genius verfiel urplötzlich auf diesen Gegenstand, und er stotterte lachend, indem er gegen den Offizier torkelte: »Bezahlen –zahlen Sie zuerst Ihre Schu- Schulden, Herr Leutnant, e- eh Sie di- die Leute aufschreiben –schreiben! Wissen Sie wohl?« Spörri aber lachte noch lauter, schwankte und krebste rückwärts, mit dem Kopfe wackelnd, und fistelte: »Be- be be be- bezahlen Sie Ihre Schulden, Herr Leutnant, da- da das ist gu- gut gesagt, gut gesagt!«

»Stehen vier Mann auf«, sagte jener ruhig, »und führen die Arrestanten auf die Wache! Man soll sie augenblicklich scharf einsperren; in drei Tagen wollen wir vorläufig sehen, ob sie ausgeschlafen haben. Werft ihnen die Mäntel über und gebt ihnen die Hosen auf den Arm. Marsch!«

»Die Ho Ho Ho- die Ho- Hosen«, schrie Ruckstuhl, »die brauchen wir, da- da da fällt noch wa- wa- was raus, wenn man sie schüttelt!«

»Ra– ra raus, wenn man sie sch– schüttelt, Herr Leutnant!«, wiederholte Spörri, und beide schwangen die Beinkleider herum, dass die Taler darin erklangen. So zogen sie mit ihrer Begleitung lachend und lärmend durch die Gänge, die Treppen hinunter und verschwanden bald in einem kellerartigen Raume des Erdgeschosses, worauf es still wurde.

Am folgenden Mittag wurde bei Meister Frymann der Tisch ungewöhnlich reich gedeckt. Hermine füllte die geschliffenen Flaschen mit Sechsundvierziger, stellte die glänzenden Gläser neben die Teller, legte schöne Servietten darauf und zerschnitt ein frisches Brot aus der Bäckerei zur Henne, wo ein altherkömmliches Gastbrot gebacken wurde, das Entzücken aller Kinder und Kaffeeschwestern von Zürich. Auch schickte sie einen sonntäglich geputzten Lehrling zum Pastetenbeck, die Makkaronipastete und den Kaffeekuchen zu holen, und endlich stellte sie auf einem Seitentischchen den Nachtisch zurecht, die Hüpli und Offleten, das Gleichschwer und die Pfaffenmümpfel oder den Gugelhupf. Frymann, der durch die schöne Sonntagsluft angenehm erregt war, entnahm aus diesem Eifer, dass die Tochter seinen Plänen keinen ernstlichen Widerstand leisten wolle, und er sagte vergnügt zu sich selbst: »So sind sie alle! Sobald eine annehmbare und bestimmte Gelegenheit an sie herantritt, so machen sie kurz ab und nehmen sie beim Schopf!«

Nach alter Sitte war Herr Ruckstuhl auf Punkt zwölf geladen. Als er ein viertel nach zwölf nicht da war, sagte Frymann: »Wir wollen essen; man muss den Musjö beizeiten an Ordnung gewöhnen!« Und als er nach der Suppe immer noch nicht kam, rief der Meister die Lehrlinge und die Magd herbei, welche heute allein essen sollten und teilweise schon fertig waren, und sagte zu ihnen: »Da esst noch mit, wir wollen das Zeug nicht angaffen! Haut zu und lasst es euch schmecken, wer nicht kommt zur rechten Zeit, der soll haben, was übrig bleibt!«

Das ließen sich die nicht zweimal sagen und waren fröhlich und guter Dinge, und Hermine war am aufgewecktesten und empfand umso besseren Appetit, je verdrießlicher und unlustiger der Vater wurde. »Das scheint ein Flegel zu sein!«, brummte er vor sich hin; sie hörte es aber und sagte: »Gewiss hat er keinen Urlaub bekommen, man muss ihn nicht voreilig verurteilen!«

»Was Urlaub! Verteidigst du ihn schon? Wie wird der keinen Urlaub bekommen, wenn es ihm darum zu tun ist?«

Äußerst unmutig beendigte er die Mahlzeit und ging sogleich und gegen seine Gewohnheit auf ein Kaffeehaus, nur um sich nicht mehr von dem nachlässigen Freier antreffen zu lassen, wenn er endlich käme. Gegen vier Uhr kehrte er, statt wie gewohnt seine Sonntagsgesellschaft, die sieben Männer, aufzusuchen, nochmals zurück, neugierig, ob Ruckstuhl sich nicht gezeigt habe? Als er durch den Garten kam, saß Frau Hediger mit Herminen, da es ein warmer Frühlingstag war, im Gartenhaus, und sie tranken den Kaffee und aßen die Pfaffenmümpfel und den Gugelhupf und schienen sehr aufgeräumt. Er begrüßte die Frau, und obgleich ihr Anblick ihn wurmte, frug er sie sogleich, ob sie nichts aus der Kaserne wüsste und ob vielleicht die Schützen einen gemeinsamen Ausflug gemacht hätten?

»Ich glaube nicht«, sagte Frau Hediger, »am Morgen sind sie in der Kirche gewesen, und nachher ist Karl zum Essen zu uns gekommen; wir hatten Schafbraten, und den lässt er nie im Stich!«

»Hat er nichts von Herrn Ruckstuhl gesagt, wo der hin sei?«

»Von Herrn Ruckstuhl? Ja, der sitzt mit noch einem im scharfen Arrest, weil er einen schrecklichen Rausch trank und sich gegen die Vorgesetzten verging; es soll eine große Komödie gewesen sein.«

»Hol ihn der Teufel!«, sagte Frymann und ging stracks hinweg. Eine halbe Stunde später sagte er zu Hediger: »Nun hockt deine Frau bei meiner Tochter im Garten und freut sich mit ihr, dass mir ein Heiratsprojekt gescheitert ist!«

»Warum jagst du sie nicht fort? Warum hast du sie nicht angeschnurrt?«

»Wie kann ich, da wir in alter Freundschaft stehen? Siehst du, so verwirren uns diese verdammten Geschichten jetzt schon die Verhältnisse! Darum festgeblieben! Nichts von Schwäherschaft!«

»Nichts von Gegenschwäher!«, bekräftigte Hediger und schüttelte seinem Freunde die Hand.

Der Juli und das Schützenfest von 1849 standen nun vor der Türe, es dauerte kaum noch vierzehn Tage bis dahin. Die sieben Männer hielten wieder eine Sitzung; denn Becher und Fahne waren fertig und wurden vorgezeigt und für recht befunden. Die Fahne ragte in der Stube aufgepflanzt, und in ihrem Schatten erhob sich nun die schwierigste Verhandlung, welche die Aufrechten je bewegt. Denn plötzlich stellte sich die Wahrheit heraus, dass zu einer Fahne ein Sprecher gehöre, wenn man mit derselben aufziehen wolle, und die Wahl dieses Sprechers war es, die das siebenbemannte Schifflein fast hätte stranden lassen. Dreimal wurde die ganze Mannschaft durchgewählt, und dreimal lehnte sie es der Reihe nach des entschiedensten ab. Alle waren erbost, dass keiner sich unterziehen wollte, und jeder war erzürnt, dass man gerade ihm die Last aufbürdete und das Unerhörte zumutete. So eifrig sich andere herbeidrängen, wo es gilt, das Maul aufzusperren und sich hören zu lassen, so scheu wichen diese vor der Gelegenheit zurück, öffentlich zu reden, und jeder berief sich auf sein Ungeschick und darauf, dass er es noch nie in seinem Leben getan und weder tue noch tun werde. Denn sie hielten noch das Reden für eine ehrwürdige Kunst, die ebenso viel Talent als Studium verlange, und sie hegten noch eine rückhaltlose und ehrliche Achtung vor guten Rednern, die sie zu rühren wussten, und nahmen alles für ausgemacht und heilig, was ein solcher sagte. Sie unterschieden diese Redner scharf von sich selbst und legten sich dabei das Verdienst des aufmerksamen Zuhörens, der gewissenhaften Erwägung, Zustimmung oder Verwerfung bei, welches ihnen eine hinlänglich rühmliche Aufgabe schien.

Als nun auf dem Wege der Abstimmung kein Sprecher erhältlich war, entstand ein Tumult und allgemeiner Lärm, in welchem jeder den andern zu überzeugen suchte, dass er sich opfern müsse. Besonders hatten sie es auf Hediger und Frymann abgesehen und drangen auf sie ein. Die wehrten sich aber gewaltig und schoben es einer auf den andern, bis Frymann Stille gebot und sagte: »Ihr Mannen! Wir haben eine Gedankenlosigkeit begangen und müssen nun einsehen, dass wir am Ende unsere Fahne lieber zu Hause lassen, und so wollen wir uns kurz dazu entschließen und ohne alles Aufsehen das Fest besuchen!«

Eine große Niedergeschlagenheit folgte diesen Worten. »Er hat recht«, sagte Kuser, der Silberschmied. »Es wird uns nichts anderes übrig bleiben«, Syfrig, der Pflugmacher. Doch Bürgi rief: »Es geht nicht! Schon kennt man unser Vorhaben und dass die Fahne gemacht ist. Wenn wir's unterlassen, so gibt es eine Kalendergeschichte!«

»Das ist auch wahr«, bemerkte Erismann, der Wirt, »und die Zöpfe, unsere alten Widersacher, werden den Spaß handlich genug ausbeuten!«

Ein Schrecken durchrieselte die alten Gebeine bei dieser Vorstellung, und die Gesellschaft drang aufs Neue in die beiden begabtesten Mitglieder; die wehrten sich abermals und drohten am Ende sich zurückzuziehen.

»Ich bin ein schlichter Zimmermann und werde mich niemals dem Gespötte aussetzen!«, rief Frymann, wogegen Hediger einwarf: »Wie soll erst ich armer Schneider es tun? Ich würde euch alle lächerlich machen und mir selbst schaden ohne allen Zweck. Ich schlage vor, dass einer von den Wirten angehalten werden soll, die sind noch am meisten an die Menge gewöhnt!«

Die verwahrten sich aber aufs Heftigste, und Pfister schlug den Schreiner vor, der ein Spaßvogel sei. »Was Spaßvogel?«, schrie Bürgi. »Ist das etwa ein Spaß, einen eidgenössischen Festpräsidenten anzureden vor tausend Menschen?« – Ein allgemeiner Seufzer beantwortete diesen Ausspruch, der das Schwierige der Aufgabe aufs Neue vor die Augen stellte.

Es entstand nun allmählich ein Hinaus- und Hineinlaufen und ein Gemunkel in den Ecken. Frymann und Hediger blieben allein am Tische sitzen und sahen finster drein, denn sie merkten, dass es ihnen am Ende doch wieder an den Kragen ging. Endlich, als alle wieder beisammen waren, trat Bürgi vor jene hin und sprach: »Ihr zwee Mannen, Chäpper und Daniel! Ihr habt beide so oft zu unserer Zufriedenheit unter uns gesprochen, dass jeder von euch, wenn er nur will, recht gut eine kurze öffentliche Anrede halten kann! Es ist der Beschluss der Gesellschaft, dass ihr unter euch das Los zieht, und damit basta! Ihr werdet euch der Mehrheit fügen, zwei gegen fünf!«

Ein neuer Lärm bekräftigte diese Worte; die Angeredeten sahen sich an und fügten sich kleinmütig endlich dem Beschlusse, aber nicht ohne die Hoffnung eines jeden, dass das bittere Los dem andern zufallen werde. Es fiel auf Frymann, welcher zum ersten Mal mit schwerem Herzen die Versammlung der Freiheitsliebenden verließ, während Hediger sich entzückt die Hände rieb; so rücksichtslos macht die Selbstsucht die ältesten Freunde.

Frymanns Freude auf das Fest war ihm nun dahingenommen, und seine Tage verdunkelten sich. Jeden Augenblick dachte er an die Rede, ohne dass sich der mindeste Gedanke gestalten wollte, weil er ihn weit in der Ferne herum suchte, anstatt das Nächste zu ergreifen und zu tun, als ob er nur bei seinen Freunden wäre. Die Worte, welche er unter diesen zu sprechen pflegte, erschienen ihm als Geschwätz, und er grübelte nach etwas Absonderlichem und Hochtrabendem herum, nach einem politischen Manifest, und zwar nicht aus Eitelkeit, sondern aus bitterem Pflichtgefühl. Endlich fing er an, ein Blatt Papier zu beschreiben, nicht ohne viele Unterbrechungen, Seufzer und Flüche. Er brachte mit saurer Mühe zwei Seiten zustande, obgleich er nur wenige Zeilen hatte abfassen wollen; denn er konnte den Schluss nicht finden, und die vertrackten Phrasen hingen sich aneinander wie harzige Kletten und wollten den Schreiber nicht aus ihrem zähen Wirrsal entlassen.

Das zusammengefaltete Papierchen in der Westentasche, ging er bekümmert seinen Geschäften nach, stand zuweilen hinter einen Schuppen, las es wieder und schüttelte den Kopf. Zuletzt anvertraute er sich seiner Tochter und trug ihr den Entwurf vor, um die Wirkung zu beobachten. Die Rede war eine Anhäufung von Donnerworten gegen Jesuiten und Aristokraten, und dazwischen waren die Ausdrücke Freiheit, Menschenrecht, Knechtschaft und Verdummung u. dgl. reichlich gespickt, kurz, es war eine bittere und geschraubte Kriegserklärung, in welcher von den Alten und ihrem Fähnlein keine Rede war, und dazu verworren und ungeschickt gegeben, während er sonst mündlich wohlgesetzt und richtig zu sprechen verstand.

Hermine sagte, die Rede sei sehr kräftig, doch scheine ihr dieselbe etwas verspätet, da die Jesuiten und Aristokraten für einmal besiegt seien, und sie glaube, eine heitere und vergnügte Kundgebung wäre besser angebracht, da man zufrieden und glücklich sei.

Frymann stutzte etwas, und obgleich die Schärfe der Leidenschaft in ihm, als einem Alten, noch stark genug war, so sagte er doch, sich an der Nase zupfend: »Du magst recht haben, verstehst es aber doch nicht ganz. Man muss kräftig auftreten in der Öffentlichkeit und tüchtig aufsetzen, sozusagen wie die Theatermaler, deren Arbeit in der Nähe ein grobes Geschmier ist. Dennoch lässt sich vielleicht hie und da etwas mildern.«

»Das wird gut sein«, fuhr Hermine fort, »da so viele ›also‹ vorkommen. Zeig einmal! Siehst du, fast jede zweite Zeile steht einmal ›also‹!«

»Hier steckt eben der Teufel!«, rief er, nahm ihr das Papier aus der Hand und zerriss es in hundert Stücke. »Fertig!«, sagte er. »Es geht nicht, ich will nicht der Narr sein!« Doch Hermine riet ihm nun, überhaupt gar nichts zu schreiben, es darauf ankommen zu lassen und erst eine Stunde vor dem Aufzug einen Gedanken zu fassen und denselben dann frisch von der Leber weg auszusprechen, wie wenn er zu Hause wäre. »Das wird das Beste sein!«, erwiderte er. »Wenn's dann fehlt, so habe ich wenigstens keine falschen Ansprüche gemacht!«

Dennoch konnte er nicht umhin, den bewussten Gedanken schon jetzt fortwährend aufzustören und anzubohren, ohne dass er sich entwickeln wollte; er ging zerstreut und sorgenvoll herum, und Hermine beobachtete ihn mit großem Wohlgefallen.

Unversehens war die Festwoche angebrochen, und in der Mitte derselben fuhren die Sieben in einem eigenen Omnibus mit vier Pferden vor Tagesanbruch nach Aarau. Die neue Fahne flatterte glänzend vom Bocke; in der grünen Seide schimmerten die Worte »Freundschaft in der Freiheit!«, und alle die Alten waren vergnügt und lustig, spaßhaft und ernsthaft durcheinander, und nur Frymann zeigte ein gedrücktes und verdächtiges Aussehen.

Hermine befand sich schon in Aarau in einem befreundeten Hause, da ihr Vater sie für musterhaft geführte Wirtschaft dadurch zu belohnen pflegte, dass er sie an allen seinen Fahrten teilnehmen ließ; und schon mehr als einmal hatte sie als ein rosiges Hyazinthchen den fröhlichen Kreis der Alten geziert. Auch Karl war schon dort; obschon durch die Militärschule seine Zeit und seine Gelder genugsam in Anspruch genommen worden, so war er doch auf Herminens Aufforderung zu Fuß hinmarschiert und hatte merkwürdigerweise ganz in ihrer Nähe ein Quartier gefunden; denn sie mussten ihrer Angelegenheit obliegen, und man konnte nicht wissen, ob das Fest nicht günstig zu benutzen wäre. Gelegentlich wollte er auch schießen und führte nach seinen Mitteln fünfundzwanzig Schüsse bei sich; die wollte er versenden und nicht mehr noch weniger.

Er hatte die Ankunft der sieben Aufrechten bald ausgespürt und folgte ihnen in der Entfernung, als sie mit ihrem Fähnlein eng geschlossen nach dem Festplatze zogen. Es war der besuchteste Tag der Woche, die Straßen von ab- und zuströmendem Volke im Sonntagsgewande bedeckt; große und kleine Schützenvereine zogen mit und ohne Musik daher; aber so klein war keiner wie derjenige der Sieben. Sie mussten

sich durch das Gedränge winden, marschierten aber nichtsdestoweniger mit kleinen Schritten im Takt und hielten die Arme stramm mit geschlossenen Fäusten. Frymann trug die Fahne voran mit einem Gesicht, als ob er zur Hinrichtung geführt würde. Zuweilen sah er sich nach allen Seiten um, ob kein Entrinnen wäre; aber seine Gesellen, froh, dass sie nicht in seinen Schuhen gingen, ermunterten ihn und riefen ihm kraftvolle Kernworte zu. Schon näherten sie sich dem Festplatze; das knatternde Schützenfeuer tönte schon nah in die Ohren, und hoch in der Luft wehte die eidgenössische Schützenfahne in sonniger Einsamkeit, und ihre Seide straffte sich bald zitternd aus nach allen vier Ecken, bald schlug sie anmutige Schnippchen über das Volk hin, bald hing sie einen Augenblick scheinheilig an der Stange nieder, kurz, sie trieb alle die Kurzweil, die einer Fahne während acht langen Tagen einfallen kann; doch ihr Anblick gab dem Träger des grünen Fähnleins einen Stich ins Herz.

Karl hatte, indem er die luftige Fahne wehen sah und sie einen Augenblick betrachtete, den kleinen Zug plötzlich aus dem Gesichte verloren, und als er ihn mit den Augen suchte, konnte er ihn nirgends mehr entdecken; es war, als ob ihn die Erde verschlungen hätte. Rasch drängte er sich hin und wider bis zum Eingange des Platzes und übersah diesen; kein grünes Fähnlein tauchte aus dem Gewühl. Er ging zurück, und um schneller vorwärtszukommen, lief er auf einem Seitenwege längs der Straße. Dort stand eine kleine Schenke, deren Inhaber einige magere Tännchen vor die Türe gepflanzt, einige Tische und Bänke aufgestellt und ein Stück Leinwand über das Ganze gespannt hatte, gleich einer Spinne, die ihr Netz dicht bei einem großen Honigtopfe ausbreitet, um die ein und andere Fliege zu fangen. In diesem Häuschen sah Karl zufällig hinter dem trüben Fenster eine goldene Fahnenspitze glänzen; sofort ging er hinein – und siehe da! – seine sieben Alten saßen wie von einem Donnerwetter hingehagelt in der niederen Stube kreuz und quer auf Stühlen und Bänken und hingen die Häupter, und in der Mitte stand Frymann mit der Fahne und sagte: »Punktum! Ich tu's nicht! Ich bin ein alter Mann und will mir nicht für den Rest meiner Jahre den Makel der Torheit und einen Übernamen aufpfeffern lassen!«

Und hiermit stellte er die Fahne mit einem kräftigen Aufstoß in eine Ecke. Keine Antwort erfolgte, bis der vergnügte Wirt kam und den unverhofften Gästen eine mächtige Weinflasche vorsetzte, obgleich im Schrecken niemand bestellt hatte. Da goss Hediger ein Glas voll, trat zu Frymann hin und sagte:

»Alter Freund! Brudermann! Da, trink einen Schluck Wein und ermanne dich!«

Aber Frymann schüttelte den Kopf und sprach kein Wort mehr. In großer Not saßen sie, wie sie noch nie darin gesessen; alle Putsche,

Konterrevolutionen und Reaktionen, die sie erlebt, waren Kinderspiel gegen diese Niederlage vor den Toren des Paradieses.

»So kehren wir in Gottes Namen um und fahren wieder heim!«, sagte Hediger, welcher befürchtete, dass das Schicksal sich doch noch gegen ihn wenden könnte. Da trat Karl, welcher bislang unter der Türe gestanden, vor und sagte fröhlich: »Ihr Herren, gebt mir die Fahne! Ich trage sie und spreche für euch, ich mache mir nichts daraus!«

Erstaunt sahen alle auf, und ein Strahl der Erlösung und Freude blitzte über alle Gesichter; nur der alte Hediger sagte streng: »Du? Wie kommst du hierher? Und wie willst du Gelbschnabel ohne Erfahrung für uns Alte reden?«

Doch rings erscholl es: »Wohlgetan! Vorwärts unentwegt! Vorwärts mit dem Jungen!« Und Frymann selbst gab ihm die Fahne; denn eine Zentnerlast fiel ihm vom Herzen, und er war froh, die alten Freunde aus der Not gerissen zu sehen, in die er sie hineingeführt. Und vorwärts ging es mit erneuter Lust; Karl trug die Fahne hoch und stattlich voran, und hinten sah der Wirt betrübt nach dem entschwindenden Trugbild, das ihn einen Augenblick getäuscht hatte. Nur Hediger war jetzo finster und mutlos, da er nicht zweifelte, sein Sohn werde sie doppelt tief ins Wasser führen. Doch sie hatten schon den Platz betreten; eben zogen die Graubündner ab, ein langer Zug brauner Männer, und an ihnen vorbei und nach dem Klange ihrer Musik marschierten die Alten so taktfest als je durch das Volk. Nochmals mussten sie auf der Stelle marschieren, wie der technische Ausdruck sagt, wenn man auf demselben Flecke die Bewegung des Marsches fortmacht, da drei glückliche Schützen, welche Becher gewonnen hatten, mit Trompetern und Anhang ihren Weg kreuzten; doch das alles, verbunden mit dem heftigen Schießen, erhöhte nur ihre feierliche Berauschung, und endlich entblößten sie ihre Häupter angesichts des Gabentempels, der mit seinen Schätzen schimmerte und auf dessen Zinnen eine dichte Menge Fahnen flatterte in den Farben der Kantone, der Städte, Landschaften und Gemeinden. In ihrem Schatten standen einige schwarze Herren, und einer davon hielt den gefüllten Silberpokal in der Hand, die Angekommenen zu empfangen.

Die sieben alten Köpfe schwammen wie eine von der Sonne beschienene Eisscholle im dunklen Volksmeere, ihre weißen Härlein zitterten in der lieblichen Ostluft und weheten nach der gleichen Richtung wie hoch oben die rot und weiße Fahne. Sie fielen wegen ihrer kleinen Zahl und wegen ihres Alters allgemein auf, man lächelte nicht ohne Achtung, und alles war aufmerksam, als der jugendliche Fähndrich nun vortrat und frisch und vernehmlich diese Anrede hielt:

»Liebe Eidgenossen!

Wir sind da unser acht Mannli mit einem Fahnli gekommen, sieben Grauköpfe mit einem jungen Fähndrich! Wie ihr seht, trägt jeder seine Büchse, ohne dass wir den Anspruch erheben, absonderliche Schützen zu sein; zwar fehlt keiner die Scheibe, manchmal trifft auch einer das Schwarze; wenn aber einer von uns einen Zentrumschuss tun sollte, so könnt ihr darauf schwören, dass es nicht mit Fleiß geschehen ist. Wegen des Silbers, das wir aus eurem Gabensaal forttragen werden, hätten wir also ruhig können zu Hause bleiben!

Und dennoch, wenn wir auch keine ausbündigen Schützen sind, hat es uns nicht hinter dem Ofen gelitten; wir sind gekommen, nicht Gaben zu holen, sondern zu bringen: ein bescheidenes Becherlein, ein fast unbescheiden fröhliches Herz und ein neues Fahnli, das mir in der Hand zittert vor Begierde, auf eurer Fahnenburg zu wehen. Das Fahnli nehmen wir aber wieder mit, es soll nur seine Weihe bei euch holen! Seht, was mit goldener Schrift darauf geschrieben steht: ›Freundschaft in der Freiheit!‹ Ja, es ist sozusagen die Freundschaft in Person, welche wir zum Feste führen, die Freundschaft von Vaterlands wegen, die Freundschaft aus Freiheitsliebe! Sie ist es, welche diese sieben Kahlköpfe, die hier in der Sonne schimmern, zusammengeführt hat vor dreißig, vor vierzig Jahren und zusammengehalten durch alle Stürme, in guten und schlimmen Zeiten! Es ist ein Verein, der keinen Namen hat, keinen Präsidenten und keine Statuten; seine Mitglieder haben weder Titel noch Ämter, es ist ungezeichnetes Stammholz aus dem Waldesdickicht der Nation, das jetzt für einen Augenblick vor den Wald heraustritt an die Sonne des Vaterlandstages, um gleich wieder zurückzutreten und mitzurauschen und -zubrausen mit den tausend andern Kronen in der heimeligen Waldnacht des Volkes, wo nur wenige sich kennen und nennen können und doch alle vertraut und bekannt sind.

Schaut sie an, diese alten Sünder! Sämtlich stehen sie nicht im Geruche besonderer Heiligkeit! Spärlich sieht man einen von ihnen in der Kirche! Auf geistliche Dinge sind sie nicht wohl zu sprechen! Aber ich kann euch, liebe Eidgenossen, hier unter freiem Himmel etwas Seltsames anvertrauen: Sooft das Vaterland in Gefahr ist, fangen sie ganz sachte an, an Gott zu glauben; erst jeder leis für sich, dann immer lauter, bis sich einer dem andern verrät und sie dann zusammen eine wunderliche Theologie treiben, deren erster und einziger Hauptsatz lautet: Hilf dir selbst, so hilft dir Gott! Auch an Freudentagen, wie der heutige, wo viel Volk beisammen ist und es lacht ein recht blauer Himmel darüber, verfallen sie wiederum in diese theologischen Gedanken, und sie bilden sich dann ein, der liebe Gott habe das Schweizerpanier herausgehängt am hohen Himmel und das schöne Wetter extra für uns gemacht! In beiden Fällen, in der Stunde der Gefahr und in der Stunde der Freude, sind sie dann plötzlich zufrieden mit den Anfangsworten unserer Bundesverfassung: ›Im Namen Gottes des Allmächtigen!‹, und eine so sanftmütige Duldsamkeit beseelt sie dann, so widerhaarig sie sonst sind, dass sie nicht einmal fragen, ob der katholische oder der reformierte Herr der Heerscharen gemeint sei!

Kurz, ein Kind, welchem man eine kleine Arche Noah geschenkt hat, angefüllt mit bunten Tierchen, Männlein und Weiblein, kann nicht vergnügter darüber sein, als sie über das liebe Vaterländchen sind mit den tausend guten Dingen darin vom bemoosten alten Hecht auf dem Grunde seiner Seen bis zum wilden Vogel, der um seine Eisfirnen flattert. Ei, was wimmelt da für verschiedenes Volk im engen Raume, mannigfaltig in seiner Hantierung, in Sitten und Gebräuchen, in Tracht und Aussprache! Welche Schlauköpfe und welche Mondkälber laufen da nicht herum, welches Edelgewächs und welch Unkraut blüht da lustig durcheinander, und alles ist gut und herrlich und ans Herz gewachsen; denn es ist im Vaterlande!

So werden sie nun zu Philosophen, den Wert der irdischen Dinge betrachtend und erwägend; aber sie können über die wunderbare Tatsache des Vaterlandes nicht hinauskommen. Zwar sind sie in ihrer Jugend auch gereist und haben vieler Herren Länder gesehen, nicht voll Hochmut, sondern jedes Land ehrend, in dem sie rechte Leute fanden; doch ihr Wahlspruch blieb immer: ›Achte jedes Mannes Vaterland, aber das deinige liebe!‹

Wie zierlich und reich ist es aber auch gebaut! Je näher man es ansieht, desto reicher ist es gewoben und geflochten, schön und dauerhaft, eine preiswürdige Handarbeit! Wie kurzweilig ist es, dass es nicht einen eintönigen Schlag Schweizer, sondern dass es Zürcher und

Berner, Unterwaldner und Neuenburger, Graubündner und Basler gibt, und sogar zweierlei Basler! Dass es eine Appenzeller Geschichte gibt und eine Genfer Geschichte! Diese Mannigfaltigkeit in der Einheit, welche Gott uns erhalten möge, ist die rechte Schule der Freundschaft, und erst da, wo die politische Zusammengehörigkeit zur persönlichen Freundschaft eines ganzen Volkes wird, da ist das Höchste gewonnen! Denn was der Bürgersinn nicht ausrichten sollte, das wird die Freundesliebe vermögen, und beide werden zu einer Tugend werden!

Diese Alten hier haben ihre Jahre in Arbeit und Mühe hingebracht; sie fangen an, die Hinfälligkeit des Fleisches zu empfinden, den einen zwickt es hier, den andern dort. Aber sie reisen, wenn der Sommer gekommen ist, nicht ins Bad, sie reisen zum Feste. Der eidgenössische Festwein ist der Gesundbrunnen, der ihr Herz erfrischt; das sommerliche Bundesleben ist die Luft, die ihre alten Nerven stärkt, der Wellenschlag eines frohen Volkes ist das Seebad, welches ihre steifen Glieder wieder lebendig macht. Ihr werdet ihre weißen Köpfe alsobald untertauchen sehen in dieses Bad! So gebt uns nun, liebe Eidgenossen, den Ehrentrunk! Es lebe die Freundschaft im Vaterlande! Es lebe die Freundschaft in der Freiheit!«

»Sie lebe hoch! Bravo!«, schallte es in die Runde, und der Empfangsredner erwiderte die Ansprache und begrüßte die eigentümliche und sprechende Erscheinung der Alten. »Ja«, schloss er, »mögen unsere Feste nie etwas Schlechteres werden als eine Sittenschule für die Jungen, der Lohn eines reinen öffentlichen Gewissens und erfüllter Bürgertreue und ein Verjüngungsbad für die Alten! Mögen sie eine Feier bleiben unverbrüchlicher und lebendiger Freundschaft im Lande von Gau zu Gau und von Mann zu Mann! Euer, wie ihr ihn nennt, namen- und statutenloser Verein, ehrwürdige Männer, lebe hoch!«

Abermals wurde das Lebehoch ringsum wiederholt und unter allgemeinem Beifall das Fähnchen zu den übrigen auf die Zinne gesteckt. Hierauf schwenkte das Trüppchen der Sieben ab und stracks nach der großen Festhütte, um dort sich durch ein gutes Frühstück zu erholen, und kaum waren sie angelangt, so schüttelten alle ihrem Redner die Hand und riefen: »Wie aus unserm Herzen gesprochen! Hediger, Chäppermann! Das ist gutes Holz an deinem Buben, der wird gut, lass ihn nur machen! Grad wie wir, nur gescheiter, wir sind alte Esel; aber unentwegt geblieben, nur fest, Karl!«, usf.

Frymann aber war ganz verblüfft; der Junge hatte gerade gesagt, was ihm selbst hätte einfallen sollen, statt sich mit den Jesuiten herumzuschlagen. Auch er gab Karl freundschaftlich die Hand und dankte ihm für die Hilfe in der Not. Zuletzt trat der alte Hediger zu seinem Sohne, nahm ebenfalls seine Hand, richtete scharf und fest sein Auge auf ihn und sagte:

»Sohn! Eine schöne, aber gefährliche Gabe hast du verraten! Pflege sie, baue sie, mit Treue, mit Pflichtgefühl, mit Bescheidenheit! Nie leihe sie dem Unechten und Ungerechten, dem Eiteln und dem Nichtigen; denn sie kann wie ein Schwert werden in deiner Hand, das sich gegen dich selbst kehrt oder gegen das Gute, wie gegen das Schlechte; sie kann auch eine bloße Narrenpritsche werden. Darum gradaus gesehen, bescheiden, lernbegierig, aber fest, unentwegt! Wie du uns heute Ehre gemacht hast, so denke stets daran, deinen Mitbürgern, deinem Vaterland Ehre zu machen, Freude zu machen; an dies denke, und du wirst am sichersten vor falscher Ehrsucht bewahrt bleiben! Unentwegt! Glaube nicht immer sprechen zu müssen, lass manche Gelegenheit vorbeigehen, und sprich nie um deinetwillen, sondern immer einer erheblichen Sache wegen! Studiere die Menschen nicht, um sie zu überlisten und auszubeuten, sondern um das Gute in ihnen aufzuwecken und in Bewegung zu setzen, und glaube mir: Viele, die dir zuhören, werden oft besser und klüger sein als du, der da spricht. Wirke nie mit Trugschlüssen und kleinlichen Spitzfindigkeiten, mit denen man nur die Spreuer bewegt; den Kern des Volkes rührst du nur mit der vollen Wucht der Wahrheit um. Darum buhle nicht um den Beifall der Lärmenden und Unruhigen, sondern sieh auf die Gelassenen und Festen, unentwegt!«

Kaum hatte er diese Rede geendigt und Karls Hand losgelassen, so ergriff sie schnell Frymann und sagte:

»Gleichmäßig bilde deine Kenntnisse aus und bereichere deine Grundlagen, dass du nicht in leere Worte verfallest! Nach diesem ersten Anlaufe lass nun eine geraume Zeit verstreichen, ohne an dergleichen zu denken! Wenn du einen glücklichen Gedanken hast, so sprich nicht, nur um diesen anzubringen, sondern lege ihn zurück; die Gelegenheit kommt immer wieder, wo du ihn reifer und besser verwenden kannst. Nimmt dir aber ein anderer diesen Gedanken vorweg, so freue dich darüber, statt dich zu ärgern; denn es ist ein Beweis, dass du das Allgemeine gefühlt und gedacht hast. Bilde deinen Geist und überwache deine Gemütsart und studiere an andern Rednern den Unterschied zwischen einem bloßen Maulhelden und zwischen einem wahrhaftigen und gemütreichen Mann! Reise nicht im Lande herum und laufe nicht auf allen Gassen, sondern gewöhne dich, von der Veste deines Hauses aus und inmitten bewährter Freunde den Weltlauf zu verstehen; dann wirst du mit mehr Weisheit zur Zeit des Handelns auftreten als die Jagdhunde und Landläufer. Wenn du sprichst, so sprich weder wie ein witziger Hausknecht, noch wie ein tragischer Schauspieler, sondern halte dein gutes natürliches Wesen rein, und dann sprich immer aus diesem heraus. Ziere dich nicht, wirf dich nicht in Positur, blick, bevor du beginnst, nicht herum wie ein Feldmarschall oder gar die Versammlung belauernd! Sag nicht, du seist nicht vorbereitet, wenn du es bist; denn man wird deine Weise kennen und es sogleich merken; und wenn du gesprochen hast, so geh nicht herum, Beifall einzusammeln, strahle nicht von Selbstzufriedenheit, sondern setze dich still an deinen Platz und horche aufmerksam dem folgenden Redner. Die Grobheit spare wie Gold, damit, wenn du sie in gerechter Entrüstung einmal hervorkehrst, es ein Ereignis sei und den Gegner wie ein unvorhergesehener Blitzstrahl treffe! Wenn du aber denkst, je wieder mit einem Gegner zusammenzugehen und gemeinsam mit ihm zu wirken, so hüte dich davor, ihm im Zorne das Äußerste zu sagen, damit das Volk nicht rufe: ›Pack schlägt sich, Pack verträgt sich!‹«

Also sprach Frymann, und der arme Karl saß ob all den Reden erstaunt und verdonnert und wusste nicht, sollte er lachen oder sich aufblasen. Aber Syfrig, der Schmied, rief:

»Da seht nun diese zwei, die nicht für uns sprechen wollten und nun wieder reden wie die Bücher!«

»So ist es!«, sagte Bürgi. »Aber wir haben dadurch neuen Zuwachs bekommen, einen kräftigen jungen Schössling getrieben! Ich beantrage, dass der Junge in unsern Kreis der Alten aufgenommen werde und fortan unsern Sitzungen beiwohne!«

»Also sei es!«, riefen alle und stießen mit Karl an; der leerte etwas unbesonnen sein volles Glas, was ihm jedoch die Alten in Betracht der aufgeregten Stunde hingehen ließen, ohne zu murren.

Nachdem die Gesellschaft sich durch das Frühstück hinlänglich von ihrem Abenteuer erholt, zerstreute sie sich. Die einen gingen, ein paar Schüsse zu probieren, die andern, den Gabensaal und die übrigen Einrichtungen zu besehen, und Frymann ging, seine Tochter und die

Frauen zu holen, bei denen sie zu Gast war; denn zum Mittagessen wollten sich alle wieder an dem Tische finden, der ziemlich in der Mitte der Halle und im Bereich der Tribüne gelegen war. Sie merkten sich die Nummer und gingen höchst wohlgemut und aller Sorgen ledig auseinander.

Genau um zwölf Uhr saß die Tischgesellschaft von einigen Tausend Köpfen, welche jeden Tag andere waren, am gedeckten Tische. Landleute und Städter, Männer und Weiber, Alte und Junge, Gelehrte und Ungelehrte, alle saßen fröhlich durcheinander und harrten auf die Suppe, indem sie die Flaschen entkorkten und das Brot anschnitten. Nirgends blickte ein hämisches Gesicht, nirgends ließ sich ein Aufschrei oder ein kreischendes Gelächter hören, sondern nur gleichmäßig verbreitet das hundertfach verstärkte Gesumme einer frohen Hochzeit, der gemäßigte Wellenschlag einer in sich vergnügten See. Hier ein langer Tisch voll Schützen, dort eine blühende Doppelreihe von Landmädchen, am dritten Tisch eine Zusammenkunft sogenannter alter Häuser aus allen Teilen des Landes, die das Examen endlich überstanden hatten, und am vierten ein ganzes ausgewandertes Städtlein, Männer und Frauen durcheinander. Doch diese sitzenden Heerscharen bildeten nur die Hälfte der Versammlung; ein ununterbrochener Menschenzug, ebenso zahlreich, strömte als Zuschauer durch die Gänge und Zwischenräume und umkränzte, ewig wandelnd, die Essenden. Es waren, Gott sei Preis und Dank, die Vorsichtigen und Sparsamen, die sich die Sache berechnet und anderswo für noch weniger Geld gesättigt hatten, die Nationalhälfte, welche alles billiger und enthaltsamer bewerkstelligt, während die andere so schrecklich über die Schnur haut; ferner die Allzuvornehmen, die der Küche nicht trauten und denen die Gabeln zu schlecht waren, und endlich die Armen und die Kinder, welche unfreiwillig zuschauten. Aber jene machten keine schlechten Bemerkungen, und diese zeigten weder zerrissene Kleider noch böse Blicke; sondern die Vorsichtigen freuten sich über die Unvorsichtigen, der Vornehmling, welchem die Schüsseln voll grüner Erbsen im Juli zu lächerlich waren, ging ebenso wohlgesinnt einher wie der Arme, dem sie verführerisch in die Nase dufteten. Hie und da freilich zeigte sich ein sträflicher Eigennutz, indem es etwa einem filzigen Bäuerlein gelang, unbesehens einen verlassenen Platz einzunehmen und frischweg mitzuessen, ohne bezahlt zu haben; und was noch schlimmer war für ordnungsliebende Augen, es entstand deswegen nicht einmal ein Wortwechsel und ein Hinauswerfen.

Der oberste Festwirt stand vor dem weiten Küchentor und blies auf einem Jägerhörnchen das Zeichen zum Auftragen eines Gerichtes, worauf eine Kompanie Aufwärter hervorbrach und sich mit künstlich eingeübter Schwenkung rechts, links und gradaus zerstreute. Einer derselben fand seinen Weg zu dem Tische, an welchem die Aufrechten und Festen saßen, unter ihnen Karl, Hermine und ihre Freundinnen, Basen oder was sie sein mochten. Die Alten horchten eben eifrig auf einen Hauptredner, der die Tribüne bestiegen, nachdem der Tambour einen kräftigen Wirbel geschlagen. Ernst und gesammelt saßen sie, mit weggelegter Gabel, steif und aufrecht, alle sieben Köpfe nach der Tribüne gewendet. Aber sie erröteten wie junge Mädchen und sahen einander an, als der Redner mit einer Wendung aus Karls Rede begann, die Erscheinung der sieben Greise erzählte und hieran seine eigene Rede knüpfte und ausführte. Nur Karl hörte nichts; denn er scherzte leise mit den Frauen, bis ihn sein Vater anstieß und seine Missbilligung ausdrückte. Als der Redner unter großem Beifall geendigt, sahen sich die Alten abermals an; sie hatten schon vielen Versammlungen beigewohnt, aber zum ersten Mal waren sie selbst der Gegenstand einer Rede geworden, und sie wagten nicht, sich umzuschauen, so verschämt waren sie, wenn auch überglücklich. Aber wie es der Weltlauf ist, ihre Nachbarn ringsum kannten sie nicht und ahnten nicht, was sich für Propheten in ihrer Nähe befanden, und so wurde ihre Bescheidenheit nicht beleidigt. Umso zufriedener drückten sie einander die Hände, nachdem sie jeder sachte für sich gerieben, und ihre Augen sagten: »Nur unentwegt! Das ist der süße Lohn für Tugend und andauernde Vortrefflichkeit!«

Worauf Kuser rief: »Nun, diesen Spaß haben wir unserm Meister 301 Karl zu verdanken! Ich glaube doch, wir werden ihm schließlich Bürgis Himmelbett zusprechen und ihm eine gewisse Puppe dreinlegen müssen! Was meinst du, Daniel Frymann?« – »Ich fürchte auch«, sagte Pfister, »dass er mir mein Schweizerblut abkaufen muss und seine Wette verliert!«

Doch Frymann runzelte plötzlich die Stirn und sprach: »Ein gutes Mundwerk wird nicht gleich mit einem Weibe bezahlt! Wenigstens in meinem Hause gehört noch eine gute Hand dazu! Lasst uns, ihr Freunde, den Scherz nicht auf ungehörige Dinge ausdehnen!«

Karl und Hermine waren rot geworden und schauten verlegen in das Volk hinaus. Da ertönte der Kanonenschuss, der den Wiederbeginn des Schießens verkündigte und auf den eine lange Reihe von Schützen, die Büchse in der Hand, gewartet hatte. Augenblicklich knallte es wieder auf der ganzen Linie; Karl erhob sich vom Tisch, sagte, nun wolle er sein Glück auch versuchen, und begab sich nach dem Schießstande. »Und ich will ihm wenigstens zusehen, wenn ich ihn auch nicht bekommen soll!«, rief Hermine scherzend und ging ihm nach, begleitet von den Freundinnen.

Doch geschah es, dass die Frauenzimmer sich in der Menge aus den Augen gerieten und Hermine zuletzt mit Karl allein blieb und getreulich mit ihm zog von Scheibe zu Scheibe. Er begann am äußersten Ende, wo kein Gedränge war, und schoss ohne sonderlichen Ernst zwei oder drei Treffer gleich hintereinander. Nach Herminen sich umwendend, die hinter ihm stand, sagte er lachend: »Ei, das geht ja gut!« Sie lachte auch, aber nur mit den Augen, mit dem Munde sagte sie ernsthaft: »Du musst einen Becher gewinnen!« – »Das geht nicht«, antwortete Karl, »um fünfundzwanzig Nummern zu schießen, müsste ich wenigstens fünfzig Schüsse tun, und ich habe gerade nur fünfundzwanzig bei mir.« – »Ei«, sagte sie, »es gibt ja genug Pulver und Blei hier zu kaufen!«

»Das will ich aber nicht, da käme mir der Becher mit dem Schussgeld teuer zu stehen! Manche verpuffen allerdings mehr Geld, als der Gewinn beträgt, aber ein solcher Narr bin ich nicht!«

»Du bist ja hübsch grundsätzlich und haushälterisch«, sagte sie beinahe zärtlich, »das gefällt mir! Aber das ist erst recht gut, wenn man mit Wenigem so viel ausrichtet, wie andere mit ihren weitläufigen Anstalten und ihren schrecklichen Anstrengungen! Darum nimm dich zusammen und mach es mit den fünfundzwanzig Kugeln! Wenn ich ein Schütz wäre, so wollt ich es schon zwingen!«

»Nie, es kommt gar nicht vor, du Närrin!«

»Drum seid ihr eben Sonntagsschützen! Aber so fange nur endlich wieder an und probier's!«

Er tat einen weiteren Schuss und hatte wieder eine Nummer und dann noch eine. Wieder sah er Herminen an, und sie lachte noch mehr mit den Augen und sagte noch ernsthafter: »Siehst du? Es geht doch, jetzt fahre fort!« Unverwandt sah er sie an und konnte den Blick kaum wegwenden, denn noch nie hatte er ihre Augen so gesehen; es glühte etwas Herbes und Tyrannisches mitten in der lachenden Süßigkeit ihres Blickes, zwei Geister sprachen beredt aus seinem Glanze: der befehlende Wille, aber mit ihm verschmolzen die Verheißung des Lohnes, und aus der Verschmelzung entstand ein neues geheimnisvolles Wesen. »Tu mir den Willen, ich habe dir mehr zu geben, als du ahnst!«, sagten diese Augen, und Karl schaute fragend und neugierig hinein, bis sie sich verstanden mitten im Geräusch und Gebrause des Festes. Als er seine Augen in diesem Glanze gesättigt, wandte er sich wieder, zielte ruhig und traf abermals. Jetzt fing es ihm selbst an möglich zu scheinen; doch weil sich Leute um ihn zu sammeln begannen, ging er weg und suchte einen ruhigeren und einsameren Stand, und Hermine folgte ihm. Dort schoss er wiederum einige Treffer, ohne einen Schuss vergeblich zu tun; und so fing er an, die Kugeln bedächtlich wie Goldstücke zu behandeln, und jede begleitete Hermine mit geizigen leuchtenden Blicken, eh sie im Laufe verschwand; Karl aber, eh er zielte, ohne Hast noch Unruhe, schaute jedes Mal dem schönen Wesen ins Gesicht. Sooft sein Glück auffiel und die Leute sich um ihn sammelten, ging er weiter vor eine andere Scheibe; auch steckte er die erhaltenen Zettel nicht auf den Hut, sondern gab sie seiner Begleiterin zum Aufbewahren; die hielt das ganze Büschel, und nie hatte ein Schütz einen schöneren Nummernhalter besessen. So erfüllte er in der Tat ihren Wunsch und brachte nach und nach die fünfundzwanzig Schüsse so glücklich an, dass nicht einer außerhalb des vorgeschriebenen Kreises einschlug.

Sie überzählten die Karten und fanden das seltene Glück bestätigt. »Das habe ich einmal gekonnt und werde es in meinem Leben nicht wieder machen!«, sagte Karl. »Item, das hast du mit deinen Augen bewirkt! Es nimmt mich nur wunder, was du noch alles damit durchzusetzen gedenkst!«

»Das musst du abwarten!«, erwiderte sie und lachte jetzt auch mit dem Munde. – »Geh jetzt zu den Alten«, sagte er, »und bitte sie, sie möchten mich aus dem Gabensaal abholen, damit ich ein Geleit habe, da sonst niemand bei mir ist, oder willst du mit mir marschieren?« – »Ich hätte fast Lust«, sagte sie, ging aber doch eilig davon.

Die Alten saßen in tiefen und fröhlichen Gesprächen; das Volk in der Hütte hatte sich zum größten Teil verändert; sie aber hielten fest an ihrem Tische und ließen das Leben um sich wogen. Lachend trat

Hermine zu ihnen und rief: »Ihr sollt den Karl abholen, er hat einen Becher!«

»Wie, was?«, riefen sie und brachen in Jubel aus. »So treibt er's?« – »Ja«, sagte ein Bekannter, der eben herzutrat, »und zwar hat er den Becher mit fünfundzwanzig Schüssen gewonnen, das kommt nicht alle Tage vor! Ich habe das Pärchen beobachtet, wie sie's miteinander gemacht haben!« Meister Frymann sah erstaunt auf seine Tochter: »Hast du etwa auch geschossen? Ich will nicht hoffen; denn dergleichen Schützinnen nehmen sich gut aus so im Ganzen, aber nicht im Besonderen.«

»Sei nur zufrieden«, sagte Hermine, »ich habe nicht geschossen, sondern nur ihm befohlen, dass er gut schießen soll!« Hediger aber erbleichte vor Verwunderung und Genugtuung, dass er einen Sohn haben sollte, redebegabt und berühmt in den Waffen, der mit Handlungen und Taten aus seiner verborgenen Schneiderwohnung hervorträte. Er zog die Pfeifen ein und dachte, da wolle er nichts mehr bevormunden. Doch die Greise brachen nun auf nach dem Gabentempel, wo sie richtig den jungen Helden schon mit dem glänzenden Becher in der Hand und mit den Trompetern auf sie harrend antrafen. Also zogen sie mit ihm nach der Weise eines munteren Marsches in die Hütte, um den Becher zu »verschwellen«, wie man zu sagen pflegt, abermals mit festen kurzen Schrittchen und geballten Fäusten, triumphierend in die Runde blickend. An ihrem Hauptquartier wieder angekommen, füllte Karl den Becher, setzte ihn mitten auf den Tisch und sagte: »Hiermit widme ich diesen Becher der Gesellschaft, damit er stets bei ihrer Fahne bleibe!«

»Angenommen!«, hieß es, der Becher begann zu kreisen, und eine neue Lustbarkeit verjüngte die Alten, welche nun schon seit Tagesanbruch munter waren. Die Abendsonne floss unter das unendliche Gebälk der Halle herein und vergoldete Tausende von lustverklärten Gesichtern, während die rauschenden Klänge des Orchesters die Räume erfüllten. Hermine saß im Schatten von ihres Vaters breiten Schultern so bescheiden und still, als ob sie nicht drei zählen könnte. Aber von der Sonne, welche den vor ihr stehenden Becher bestreifte, dass dessen inwendige Vergoldung samt dem Weine aufblitzte, spielten goldene Lichter über ihr rosig erglühtes Gesicht, welche sich mit dem Weine bewegten, wenn die Alten im Feuer der Rede auf den Tisch schlugen; und man wusste dann nicht, ob sie selber lächelte oder nur die spielenden Lichter. Sie war jetzt so schön, dass sie bald von den umherblickenden jungen Leuten entdeckt wurde. Fröhliche Trupps setzten sich in der Nähe fest, um sie im Auge zu behalten, und es wurde gefragt: »Woher ist sie, wer ist der Alte, kennt ihn niemand?« – »Es ist eine St. Gallerin, es soll eine Thurgauerin sein!«, hieß es da. »Nein, es sind alles Zürcher an jenem Tisch«, hieß es dort. Wo sie hinsah, zogen die lustigen Jünglinge den Hut, um ihrer Anmut die gebührende Achtung zu erweisen, und sie lachte bescheiden, aber ohne sich zu zieren. Als jedoch ein langer Zug Bursche am Tische vorüberging und alle die Hüte zogen, da musste sie doch die Augen niederschlagen, und noch mehr, als unversehens ein hübscher Berner Student kam, die Mütze in der Hand, und mit höflichem Freimut sagte, er sei von dreißig Freunden abgesandt, die am vierten Tische von da säßen, ihr mit Erlaubnis ihres Herren Vaters zu erklären, dass sie das feinste Mädchen in der Hütte sei. Kurz, alles machte ihr förmlich den Hof, die Segel der Alten wurden von neuem Triumphe geschwellt, und Karls Ruhm ward durch Herminen beinahe verdunkelt. Aber auch er sollte nochmals obenauf kommen.

Denn es entstand ein Geräusch und Gedränge im mittleren Gange, herrührend von zwei Sennen aus dem Entlibuch, die sich durch die Menge schoben. Es waren zwei ordentliche Bären mit kurzen Holzpfeifchen im Munde, die Sonntagsjacken unter den dicken Armen führend, kleine Strohhütchen auf den großen Köpfen und die Hemden auf der Brust mit silbernen Herzschnallen zusammengehalten. Der eine, der voranging, war ein Kloben von fünfzig Jahren und ziemlich angetrunken und ungebärdig; denn er begehrte mit allen Männern Kraftübungen anzustellen und suchte überall seine klobigen Finger einzuhaken, indem er freundlich oder auch herausfordernd mit den Äuglein blinzelte. So entstand überall vor ihm her Anstoß und Verwirrung. Aber dicht hinter ihm ging der andere, ein noch derberer Gesell von achtzig Jahren mit einem Krauskopf voll kurzer gelber Löcklein, und das war der Herr Vater des Fünfzigjährigen. Der lenkte den Herren Sohn, ohne das Pfeifchen ausgehen zu lassen, mit eiserner Hand, indem er von Zeit zu Zeit sagte: »Büebeli, halt Ruh! Büebeli, sei mir ordentlich!« und ihm dabei die entsprechenden Rücke und Handleitungen erteilte. So steuerte er ihn mit kundiger Faust durch das empörte Meer, bis gerade vor dem Tische der Siebenmänner es eine gefährliche Stockung absetzte, da eben eine Schar Bauern daherkam, welche den Rauflustigen zur Rede stellen und in die Mitte nehmen wollten. In der Furcht, sein Büebeli werde eine große Teufelei anrichten, sah sich der Vater nach einer Zuflucht um und bemerkte die Alten. »Unter diesen Schimmelköpfen wird er ruhig sein!«, brummte er vor sich hin, fasste mit der einen Faust den Jungen im Kreuz und steuerte ihn zwischen die Bänke hinein, während er mit der andern Hand rückwärts fächelnd die nachdringenden Gereizten sanft abwehrte; denn der ein und andere war in aller Schnelligkeit bereits erheblich gezwickt worden.

»Mit eurer Erlaubnis, ihr Herren!«, sagte der Uralte zu den Alten. »Lasst mich hier ein wenig absitzen, dass ich nur dem Büebli noch ein Glas Wein gebe! Er wird mir dann schläfrig und still wie ein Lämmlein!« Also keilte er sich ohne Weiteres mit seinem Früchtchen in die Gesellschaft hinein, und der Sohn schaute wirklich sanft und ehrerbietig umher. Doch sagte er alsobald: »Ich möchte aus dem silbernen Krüglein dort trinken!« – »Bist du mir ruhig, oder ich schlage dich ungespitzt in den Erdboden hinein!«, sagte der Alte; als ihm aber Hediger den gefüllten Becher zuschob, sagte er: »Nu so denn! Wenn's die Herren erlauben, so trink, aber suf mir nit alles!«

»Ihr habt da einen munteren Knaben, Manno!«, sagte Frymann. »Wie alt ist er denn?« – »Ho«, erwiderte der Alte, »er wird mir ums Neujahr herum so zweiundfünfzig werden; wenigstens hat er mir anno 1798 schon in der Wiege geschrien, als die Franzosen kamen, mir die Küh' wegtrieben und das Hüttlein anzündeten. Weil ich aber einem Paar davon die Köpfe gegeneinandergestoßen habe, musste ich flüchten, und das Weibli ist mir in der Zeit vor Elend gestorben. Darum muss ich mir das Burschli allein erziehen!«

»Habt Ihr ihm keine Frau gegeben, die Euch hätte helfen können?« »Nein, bis dato ist er mir noch zu ungeschickt und wild, es tut's nicht, er schlägt alles kurz und klein!«

Inzwischen hatte der jugendliche Taugenichts den würzigen Becher ausgetrunken, ohne einen Tropfen darin zu lassen. Er stopfte sein Pfeifchen und blinzelte gar vergnügt und friedlich im Kreis umher. Da entdeckte er die Hermine, und der Strahl weiblicher Schönheit, der von ihr ausging, entzündete plötzlich in seinem Herzen wieder den Ehrgeiz und die Neigung zu Kraftäußerungen. Als sein Auge zugleich auf Karl fiel, der ihm gegenübersaß, streckte er ihm einladend den gekrümmten Mittelfinger über den Tisch hin.

»Halt inn', Burschli! Reit' dich der Satan schon wieder?«, schrie der Alte ergrimmt und wollte ihn am Kragen nehmen; Karl aber sagte, er möchte ihn nur lassen, und hing seinen Mittelfinger in denjenigen des Bären, und jeder suchte nun den andern zu sich herüberzuziehen. »Wenn du mir dem Herrlein wehtust oder ihm den Finger ausrenkst«, sagte der Alte noch, »so nehm ich dich bei den Ohren, dass du es drei Wochen spürst!« Die beiden Hände schwebten nun eine geraume Zeit über der Mitte des Tisches; Karl vergaß bald das Lachen und wurde purpurrot im Gesicht; aber zuletzt zog er allmählich den Arm und den Oberkörper seines Gegners merklich auf seine Seite, und damit war der Sieg entschieden.

Ganz verdutzt und betrübt sah ihn der Entlibucher an, fand aber nicht lange Zeit dazu; denn der über seine Niederlage nun doch erboste Uralte gab ihm eine Ohrfeige, und beschämt sah der Sohn nach Herminen; dann fing er plötzlich an zu weinen und rief schluchzend: »Und ich will jetzt einmal eine Frau haben!« – »Komm, komm!«, sagte der Papa. »Jetzt bist du reif fürs Bett!« Er packte ihn unter dem Arm und trollte sich mit ihm davon.

Nach dem Abzug dieser wunderlichen Erscheinung trat eine Stille unter die Alten, und alle wunderten sich abermals über Karls Werke und Verrichtungen.

»Das kommt lediglich vom Turnen«, sagte er bescheiden, »das gibt Übung, Kraft und Vorteil zu dergleichen Dingen, und fast jeder kann sie sich aneignen, der nicht von der Natur vernachlässigt ist.«

»Es ist so!«, sagte Hediger, der Vater, nach einigem Nachdenken, und fuhr begeistert fort: »Darum preisen wir ewig und ewig die neue Zeit, die den Menschen wieder zu erziehen beginnt, dass er auch ein Mensch wird, und die nicht nur dem Junker und dem Berghirt, nein, auch dem Schneiderskind befiehlt, seine Glieder zu üben und den Leib zu veredeln, dass es sich rühren kann!«

»Es ist so!«, sagte Frymann, der ebenfalls aus einem Nachdenken erwacht war. »Und auch wir haben alle mitgerungen, diese neue Zeit herbeizuführen. Und heute feiern wir, was unsere alten Köpfe betrifft, mit unserem Fähnlein den Abschluss, das ›Ende Feuer!‹ und überlassen den Rest den Jungen. Nun hat man aber nie von uns sagen können, dass wir starrsinnig auf Irrtum und Missverständnis beharrt seien! Im Gegenteil, unser Bestreben ging dahin, immer dem Vernunftgemäßen, Wahren und Schönen zugänglich zu bleiben; und somit nehme ich

308

frei und offen meinen Ausspruch in Betreff der Kinder zurück und lade dich ein, Freund Chäpper, ein Gleiches zu tun! Denn was könnten wir zum Andenken des heutigen Tages Besseres stiften, pflanzen und gründen als einen lebendigen Stamm, hervorgewachsen recht aus dem Schoße unserer Freundschaft, ein Haus, dessen Kinder die Grundsätze und den unentwegten Glauben der sieben Aufrechten aufbewahren und übertragen? Wohlan denn, so gebe der Bürgi sein Himmelbett her, dass wir es aufrüsten! Ich lege hinein die Anmut und weibliche Reinheit, du die Kraft, die Entschlossenheit und Gewandtheit, und damit vorwärts, weil sie jung sind, mit dem aufgesteckten grünen Fähnlein! Das soll ihnen verbleiben, und sie sollen es aufbewahren, wenn wir einst aufgelöst sind! So leiste nun nicht länger Widerstand, alter Hediger, und gib mir die Hand als Gegenschwäher!«

»Angenommen!«, sagte Hediger feierlich. »Aber unter der Bedingung, dass du den Jungen keine Mittel zur Einfältigkeit und herzlosen Prahlerei aushingibst! Denn der Teufel geht um und sucht, wen er verschlinge!«

»Angenommen!«, rief Frymann, und Hediger: »So grüße ich dich denn als Gegenschwäher, und das Schweizerblut mag zur Hochzeit angezapft werden!«

Alle sieben erhoben sich jetzt, und unter großem Hallo wurden Karls und Herminens Hände ineinander gelegt.

»Glück zu! Da gibt's eine Verlobung, so muss es kommen!«, riefen einige Nachbarn, und gleich kamen eine Menge Leute mit ihren Gläsern herbei, mit den Verlobten anzustoßen. Wie bestellt fiel auch die Musik ein; aber Hermine entwand sich dem Gedränge, ohne jedoch Karls Hand zu lassen, und er führte sie aus der Hütte hinaus auf den Festplatz, der bereits in nächtlicher Stille lag. Sie gingen um die Fahnenburg herum, und da niemand in der Nähe war, standen sie still. Die Fahnen wallten geschwätzig und lebendig durcheinander, aber das Freundschaftsfähnchen konnten sie nicht entdecken, da es in den Falten einer großen Nachbarin verschwand und wohl aufgehoben war. Doch oben im Sternenschein schlug die eidgenössische Fahne, immer einsam, ihre Schnippchen, und das Rauschen ihres Zeuges war jetzt deutlich zu hören. Hermine legte ihre Arme um den Hals des Bräutigams, küsste ihn freiwillig und sagte bewegt und zärtlich: »Nun muss es aber recht hergehen bei uns! Mögen wir so lange leben, als wir brav und tüchtig sind, und nicht einen Tag länger!«

»Dann hoffe ich lange zu leben, denn ich habe es gut mit dir im Sinn!«, sagte Karl und küsste sie wieder. »Aber wie steht es nun mit dem Regiment? Willst du mich wirklich unter den Pantoffel kriegen?« 310

»So sehr ich kann! Es wird sich indessen schon ein Recht und eine Verfassung zwischen uns ausbilden, und sie wird gut sein, wie sie ist!«

»Und ich werde die Verfassung gewährleisten und bitte mir die erste Gevatterschaft aus!«, ertönte unverhofft eine kräftige Bassstimme. Hermine reckte das Köpfchen und fasste Karls Hand; der trat aber näher und sah einen Wachtposten der aargauischen Scharfschützen, der im Schatten eines Pfeilers stand. Das Metall seiner Ausrüstung blinkte durch das Dunkel. Jetzt erkannten sich die jungen Männer, die nebeneinander Rekruten gewesen, und der Aargauer war ein stattlicher Bauernsohn. Die Verlobten setzten sich auf die Stufen zu seinen Füßen und erzählten sich was mit ihm wohl eine halbe Stunde, ehe sie zur Gesellschaft zurückkehrten. 311

Biografie

1819 *19. Juli:* Gottfried Keller wird in kleinbürgerlichen Verhältnissen als Sohn des Drechslermeisters Hans-Rodolf Keller und der Arzttochter Elisabeth, geb. Scheuchzer, in Zürich geboren.

1824 Tod des Vaters.

1825 Besuch der Armenschule in Zürich (bis 1831).

1826 Die Mutter heiratet den Gesellen Hans Heinrich Wild.

1831 Eintritt in das Landesknabeninstitut in Zürich (bis 1833).

1833 Keller besucht die kantonale Industrieschule in Zürich.

1834 *9. Juli:* Als Rädelsführer eines Schülerstreiches wird Keller von der Schule verwiesen.
Scheidung der Mutter.
September: Beginn einer Lehre als Lithograf in Zürich (wahrscheinlich bis Sommer 1836).
Erste Skizzenbücher mit Landschaftszeichnungen.

1836 Briefwechsel mit dem Künstlerfreund Johann Müller und gemeinsame Naturstudien.

1837 *Sommer:* Begegnung mit dem Landschaftsmaler Rudolf Meyer.
November: Beginn des Zeichenunterrichts bei Meyer (bis März 1838).

1838 *14. Mai:* Tod seiner Jugendliebe, der Cousine Henriette Keller.

1840 *26. April:* Reise nach München zur künstlerischen Ausbildung. Aus finanziellen Gründen kann Keller nicht an der Akademie studieren und nimmt vorübergehend Unterricht bei dem Landschaftsmaler Scheuchzer, einem entfernten Verwandten.
Mitte August: Schwere Erkrankung an Typhus.

1842 *November:* Rückkehr nach Zürich, wo Keller bei der Mutter lebt.

1843 *Frühjahr:* Wiederaufnahme des Naturstudiums.
Juli: Erste Gedichte entstehen.

1844 Freundschaft mit dem Dichter Ferdinand Freiligrath.
Bekanntschaft mit dem Verleger und Schriftsteller August Adolf Ludwig Follen.
8. Dezember: Teilnahme am ersten Freischarenzug dogmatischer Protestanten gegen Jesuiten in Luzern.

1845 Als Kellers erste Publikation erscheinen die »Lieder eines Autodidakten«.

31. März: Teilnahme am zweiten Freischarenzug.

1846 *Frühjahr:* Der Band »Gedichte« erscheint.

Juni–Juli: Reise nach Graubünden und Luzern.

1847 *März–Oktober:* Aufenthalt in Hottingen bei dem Schriftsteller Wilhelm Schulz.

Sommer: Unglückliche Liebe zu Luise Rieter.

Volontariat in der Staatskanzlei des Kantons Zürich unter dem späteren Förderer Alfred Escher.

1848 Stipendium der Züricher Regierung (bis 1852).

September: Reise nach Heidelberg. Studium an der Universität, u.a. Vorlesungen bei Ludwig Feuerbach.

Freundschaft mit dem Literaturhistoriker Hermann Hettner.

1849 Persönliche Bekanntschaft mit Feuerbach und Verkehr in dessen Haus.

Arbeit am »Grünen Heinrich«.

Unglückliche Liebe zu Johanna Kapp.

Kontakte zu seinem späteren Verleger Eduard Vieweg.

Wiederaufnahme der künstlerischen Tätigkeit.

1850 *April:* Keller reist nach Berlin (bis November 1855).

Verkehr in den literarischen Salons von Fanny Lewald und Karl August Varnhagen von Ense.

1851 »Neuere Gedichte«.

Winter: Schwere Krankheit.

1853 Zusammentreffen mit dem Verleger Julius Levy (genannt Rodenberg).

Dezember: Die ersten drei Bände des »Grünen Heinrich« erscheinen.

1854 *Frühjahr:* Keller lehnt die angebotene Professur für Literaturgeschichte am Polytechnikum ab.

1855 *Frühjahr:* Fertigstellung der ersten Fassung des »Grünen Heinrich«.

Mai: Der »Grüne Heinrich« erscheint.

Unglückliche Liebe zu Betty Tendering.

Mai–August: Keller arbeitet an der Niederschrift von fünf Seldwyler Erzählungen.

November: Rückreise nach Zürich mit Zwischenaufenthalt in Dresden.

1856	In Zürich wohnt Keller wieder bei der Mutter. Freundschaftlicher Umgang mit Gottfried Semper, Friedrich Theodor Vischer, Jacob Burckhardt, Richard Wagner und Mathilde Wesendonck. Der erste Teil der Sammlung »Die Leute von Seldwyla« erscheint. »Romeo und Julia auf dem Dorfe« (Novelle).
1857	*Juli:* Beginn der Freundschaft mit Paul Heyse. *Dezember:* Keller lehnt die Stelle des Sekretärs des Kölnischen Kunstvereins ab.
1858	*Frühjahr:* Keller schreibt die Erzählung »Das Fähnlein der sieben Aufrechten« (im Berliner »Volks-Kalender für 1861« veröffentlicht).
1861	Keller wird zum Ersten Staatsschreiber des Kantons Zürich gewählt. *Dezember:* Umzug mit der Mutter und der Schwester in die Amtswohnung in der Staatskanzlei.
1864	*5. Februar:* Tod der Mutter.
1865	In der »Deutschen Reichs-Zeitung« erscheint die Erzählung »Die missbrauchten Liebesbriefe«. Bekanntschaft mit der Pianistin Louise Scheidegger von Langnau.
1866	*Mai:* Verlobung mit Louise Scheidegger. *12. Juli:* Freitod Louise Scheideggers.
1869	Ehrendoktor der Universität Zürich. Freundschaft mit Adolf Exner.
1872	Die zwischen 1857 bis 1871 entstandenen »Sieben Legenden« erscheinen. *Sommer:* Erste Begegnung mit Adolf Exners jüngerer Schwester Marie. *September:* Aufenthalt in München. Bekanntschaft mit Jakob Baechtold, dem späteren Biografen Kellers.
1873	*September:* Auf Einladung Adolf und Marie Exners Aufenthalt am Mondsee, auf der Rückreise Abstecher nach München. *Dezember:* Die ersten drei Bände der »Leute von Seldwyla« erscheinen in zweiter, vermehrter Auflage (Band 4 folgt 1874).
1874	*Juli:* Reise nach Wien und Reith in Tirol auf Einladung der Geschwister Exner, Rückreise über München.

1876	Keller legt das Amt des Ersten Staatsschreibers nieder und lebt bis zu seinem Tod als freier Schriftsteller in Zürich.

1876   Keller legt das Amt des Ersten Staatsschreibers nieder und lebt bis zu seinem Tod als freier Schriftsteller in Zürich.
Mai: Beginn des Briefwechsels mit Wilhelm Petersen.
Bekanntschaft mit Adof Frey.
Oktober: Aufenthalt in München.
Oktober: Beginn des Briefwechsels mit Conrad Ferdinand Meyer.
November: Die »Züricher Novellen« erscheinen in der von Julius Rodenberg herausgegebenen »Deutschen Rundschau« (bis April 1877).

1877   *März:* Beginn des Briefwechsels mit Theodor Storm.
Dezember: Die Buchausgabe der gesammelten »Züricher Novellen« (2 Bände, vordatiert auf 1878) erscheint.

1878   *März:* Reise nach Bern.
Ehrenbürger der Stadt Zürich.

1879   *November:* Die ersten drei Bände des »Grünen Heinrich« erscheinen in neuer Fassung (Band 4 folgt 1880).

1881   *Januar–Mai:* Der Novellenzyklus »Das Sinngedicht« erscheint zunächst in der »Neuen Rundschau«, die Buchausgabe folgt im November.

1883   *November:* Die »Gesammelten Gedichte« werden veröffentlicht.

1884   *Oktober:* Besuch Friedrich Nietzsches.

1885   *Januar:* Bruch der Freundschaft mit Jakob Baechtold.
März: Vereinbarung mit dem Verleger Wilhelm Hertz in Berlin über die Herausgabe des Gesamtwerks.
Freundschaft mit Arnold Böcklin.

1886   Kellers Roman »Martin Salander« wird zuerst in der »Deutschen Rundschau« gedruckt und erscheint im November als Buchausgabe.
Oktober: Aufenthalt zur Kur in Baden.

1888   *6. Oktober:* Tod der Schwester Regula.

1889   »Gesammelte Werke« (10 Bände).
Juli–August: Aufenthalt in Seelisberg.
September–November: Mit Böcklin Kuraufenthalt in Baden.

1890   *15. Juli:* Nach sechsmonatiger schwerer Krankheit Tod Kellers in Zürich.